A paz do meu avô

A paz do meu avô

Isa Fonseca

alfaiatar

Capa: Adriana Melo
Foto da capa: Antonio Dias de Arruda. Pai da autora no parque Trianon, São Paulo, década de 1920.
Diagramação: Kathya Nakamura

Dados Internacionais de Catalogação na Publicação (CIP)
(Câmara Brasileira do Livro, SP, Brasil)

Fonseca, Isa
A paz do meu avô / Isa Fonseca. – São Paulo: Alfaiatar, 2013.

ISBN 978-85-62328-31-2

1. Ficção brasileira I. Título.

13-12811 CDD-869.93

Índices para catálogo sistemático:
1. Ficção: Literatura brasileira 869.93

alfaiatar
A melhor forma de contar a sua história.
um selo da: livros de Safra
A gente aduba, planta e colhe palavras!

Livros de Safra
tel 55 11 3094-2511
www.livrosdesafra.com.br
Rua Simão Álvares, 663
cep 05417-030 São Paulo - SP

A todos aqueles que se sabem amados por mim.

Para meu pai, completamente sem juízo, completamente apaixonado por Chopin, Beethoven, Mozart e Grieg, completamente imbuído do humor *nonsense*. Com todo o meu amor, de uma (completamente) desajeitada, a este meu pai, ele também, um *malajusted*.

Rápido prefácio: que nome tem o *filho*?

Acredito que o título de uma obra diz muito sobre esta, em si. Em 2008, revi os filmes do cineasta francês Yves Robert, *O Castelo de Minha Mãe* e *A Glória de Meu Pai,* baseados em Marcel Pagnol. Terminado, então, este presente texto, que o leitor tem em mãos e ainda capturada pela atmosfera dessas duas grandes obras, resolvi o dilema do nome ao 'filho': seria *A Paz do Meu Avô*. No mais, como disse um dia Clarice Lispector: leia o texto com amor, pois foi deste modo que ele foi realizado.

a autora

AVERMELHADOS

Foram as badaladas do sino do mosteiro que fizeram com que acordasse. A sensação de estranhamento. Olhei ao redor e voltei a recostar a cabeça no travesseiro, aliviado – estava no mesmo lugar, já conhecido, embora tudo parecesse assombrosamente novo. A quietude imperava, mas, já desperto – apesar do corpo mole e querendo voltar para o quente das cobertas –, sentei-me e os pés tatearam o chão à procura dos chinelos de pano. Pelas frestas da janela de madeira, via-se o dia claro. Espreguicei-me lentamente, bocejando muito e esticando os braços com determinação e força, como se fossem elásticos gigantes, em todas as direções, como vi um dia meu pai fazer. Nesse momento esqueci de mim e fui, um pouco, aquele pai do qual não tive mais notícia.

Um aroma de pão quente com manteiga derretida e café invadiu o quarto. No banheiro, apertado e com azulejos de cores esmaecidas, escovei os dentes enquanto sorria internamente ao pensar na fartura do café da manhã que iria encontrar, lá embaixo, esperando por mim na sala de refeições. Mas o melhor era o que sempre vinha depois: o bolo amarelinho de fubá com coco, amanteigado, coberto com uma leve crosta de calda de açúcar, toda branca. Que minha mãe adorava tomar com café, no meio da tarde, na varanda, na companhia do avô. Quando então, ela dizia, relaxada e suspirando, afundando no banco largo de ripas de madeira clara, acolchoado: *e cá estamos nós, jogando conversa fora...*

Era um hotel pequeno e modesto, decorado com móveis de madeira rústica escovada, pesados, mas de cores claras, agradáveis, em tom pastel. Aqui e ali, ornamentos de flores naturais, colhidas pela mãe ou o avô, davam graça aos ambientes. Em especial, a sala; havia ali uma enorme mesa de madeira – e onde, de maneira comunitária, todos nós, mais os hóspedes, fazíamos as refeições – com, todos os dias, um belo arranjo de flores frescas no jarro de cerâmica, das mais diversas cores e tipos, dependendo da época do ano. Eu já havia colocado a palma da mão ali, no jarro rústico que dormia sobre a pequena bacia também cor de terra e era de uma temperatura tão fresca, que os dedos pareciam afundar na argila de um desses barrancos de rio de corredeira. Tinha atração por objetos e gostava de tocá-los, o que provocava em minha mãe, muitas vezes, uma ira mansa e pequena e ela me olhava agudamente com o canto dos olhos e franzia levemente os lábios – e, como, em seguida, esboçava um sorriso, sempre, eu era cordato e não deixávamos que o ambiente ficasse ruim por causa de pequenas mazelas. Aliás, a mãe sempre dava um jeito para que nada estragasse os momentos em família. Terna, compreensiva – eu a amava muito e a amava justamente por isto. Não que ela fizesse concessões. Não. E, quando queria ser direta, ainda assim falava sem ferir o próximo. Não tinha a língua solta, ferina, como dizia o avô. Mas não era a mãe perfeita.

Nem havia sido a esposa perfeita; nem a filha perfeita do meu avô. Que pessoa não é imperfeita, nessa vida? Talvez os santos, mas depois que se tornam santos, pertencem a outro mundo: o da nossa imaginação.

Não dava para falar de religião com a mãe. Eis outro motivo que a tornava imperfeita aos meus olhos. Mudava de assunto, balançava a cabeça em *nãos, não sei* e era como se a coisa não fosse com ela. Era discutir a natureza dos herbívoros com um açougueiro. Minha voz ia sumindo, nas perguntas sem respostas e frente ao jeito evasivo de dar-me a entender que naquele terreno não pisava. Mas havia o avô, e era bom conversar sobre os santos, os anjos e as rezas com ele. Mas o de que ele mais gostava era o futebol, então ficava difícil, porque eu não conseguia gostar de jogos – isto é, *quase* nenhum jogo, porque estava louco por uma caixa de palavras cruzadas que havia visto numa loja em São Paulo. Eu gostava era de ler, de tocar nos objetos desconhecidos e descobrir-lhes a forma, textura, segredos e gostava também de animais e insetos; e de não fazer nada e ficar no meu canto pensando ou lendo um livro, um gibi, ou folheando o Tesouro da Juventude de pernas para o ar.

A mãe dizia: *deixe quieto o seu avô. Ele precisa de tranquilidade.* E eu me perguntava: mas, não precisamos todos nós? Mas a mãe achava que só por que o avô havia envelhecido, ele precisava mais de quietude que outras pessoas ao nosso redor. E, no hotel, todos pareciam pensar o mesmo e me enxotavam para a rua quando tentava me aproximar demais do pai de minha mãe. No entanto, ele me parecia uma pessoa que tinha respostas para a maioria das minhas dúvidas, só que muitas vezes, por ter envelhecido, talvez tivesse se esquecido de algumas. Nada mais natural. Eu ficaria assim, um dia. Era um menino que já sabia disso e que *pensava* nisso. Eu era um menino que pensava na velhice e já havia decidido como ela seria: na aurora da minha vida, eu estaria cercado de livros. Era o que importava, como dizia a mãe. *A sabedoria*, ela gostava de repetir, *isto ninguém tira de você.*

Eu já possuía o hábito de colocar meu nome nos livros, na primeira página. Passei dias, estirado de bruços sobre a cama, ensaiando uma boa assinatura no papel onde vinha embrulhado o pão. Nem comprida ou curta demais. As maiúsculas com rabos elegantes na parte de baixo. A letra, nem infantilmente redonda e também nada de uma coisa muito espigada. Ficou bom. Acho. E, possuía o hábito também de, como minha mãe, riscar a lápis nos livros as partes que considerava mais importantes. Talvez, aos doze anos, as partes mais importantes não fossem mais as mesmas quando atingisse os treze. Os quinze. Os dezoito. Os trinta (trinta anos, eu tinha ouvido dizer, é quando você começa a envelhecer de verdade, pois é quando os cabelos se tornam brancos e, em geral, as pessoas já não têm mais tanta paciência para com a vida – como o meu pai).

O meu pai. O pai perdera a pouca paciência que tinha com todos nós e um dia deixou um bilhete em cima da mesa e se foi, no meio da madrugada, não se sabe para onde. Eu sabia que havia perdido a paciência comigo, com a mãe e meu avô, mas, principalmente, havia perdido a paciência com a pobreza. Em dias de ira, ele esbravejava: *não há nenhum* glamour *na miséria!* Como o avô era de origem francesa, eu achava que estava sempre se referindo a ele, ao meu avô, dando uma indireta para ele, quando soltava a frase. Porque colocava, também, muita ênfase na palavra *glamour*, pronunciando-a como um francês – *ourrrrrrr*, olhando de canto para o avô. E, também, porque tudo o que acontecia naquela casa (na nossa antiga moradia), parecia culpa do pai de minha mãe. Os dois, o pai e o avô, eram cão e gato. Gato e rato. Rato e lagartixa. Mas o avô não retrucava, não provocava, não chamava para a briga.

A mãe tinha bem a quem puxar. Ela, que também só parecia querer tranquilidade.

Não éramos miseráveis. Não. Havia, outrora, lá em São Paulo, a casa com jardim e quintalzinho, o automóvel de passeio, a perua do trabalho do pai, o velho piano, a vitrola e de vez em quando sobrava dinheiro para os livros, gibis e um doce no armazém. Um quadradinho de leite ou de amendoim, um suspiro cor-de-rosa em forma de flor, que cabia bem direito na palma da mão e era muito, muito doce mesmo, de a gente depois beber muita água. Eu não pagava escola, mas havia o dinheiro do material, da merenda e da condução. E quanto à merenda... Era uma hora ruim, todos os dias. O pai perdia a paciência quando abria a carteira para dar o dinheiro do lanche e do bonde. Ficava passando as pontas dos dedos pelas notas em sequência, tocando um piano ali e não se decidia a escolher uma ou duas entre elas. Em pé, a sua frente, eu sofria e alternava o peso de um pé para o outro, num saltitar levemente impaciente – mas só levemente, porque apenas ao meu pai era dado o direito de se impacientar, naquela casa. E, Deus, como ele se impacientava por nada!

Seu pai é um homem que desconhece a paz de espírito, disse-me a mãe, certa vez, assertivamente, no sofá da sala e sob a luz do abajur, debruçada sobre um pé de meia amarelo de lã, dentro de um ovo de madeira, ocupada em dar pontinhos mínimos ali. Uma artista da costura, a mãe.

E entendi por que prezava a tranquilidade do avô. Entendi, mas não concordava muito com ela, porque achava que ele gostava da minha companhia. Quando me abraçava, dizia sempre: *vem cá, meu menino, meu tesouro! Moleque!* E desmanchava os meus cabelos, enfiando os dedos entre eles. Eu gostava daquilo, mesmo tendo crescido e não sendo mais uma criancinha. Era bom ser o tesouro de alguém. Eu tinha os meus tesouros guardados numa caixa de madeira de goiabada cascão e eram preciosos para mim. Um deles era o cortador de unhas de meu pai que, na pressa, havia esquecido em cima da pia, ao lado da lâmina usada de barbear. Quando entrei no banheiro, naquele dia em que desapareceu apenas deixando um bilhete, sem avisar ninguém, agarrei o cortador de unhas assim que o vi sobre a brancura da pia e comecei a revolvê-lo na palma da mão. Não tinha as iniciais dele – ele que colocava as iniciais em tudo. Mas foi bom sentir o frio do metal liso e achar uma minúscula serra de lixar unhas, meio enferrujada, acomodada ali. Coloquei também a lâmina de barbear, úmida e azulada, no centro da minha palma, mas ela não me disse nada, muito fina e com ares de perigo. Deixei-a ali onde estava e ajeitei o cortador dentro do armário do banheiro, atrás de um remédio. Não o retive na hora porque não sabia ainda que o pai havia nos deixado, definitivamente. Assim que estava me aprontando, às pressas, como sempre, para ir à escola, a mãe parou à porta do quarto, de camisola brilhante azul-celeste e encostou o quadril no batente. Vi a silhueta escura, mais sombria ainda por causa do jeito estranho como olhava para o vazio – embora estivesse à porta do quarto e somente houvesse eu, ali, a sua frente. Sei que devia estar vislumbrando algum prado distante, uma colina verde onde pudesse, talvez, galopar sobre um cavalo e desaparecer também no mundo – desaparecer sem ser vista, em meio aos arbustos, como vi Robin Hood fazer num filme. Um dedo pesando sobre o lábio inferior lhe dava um ar meio inocente, quase infantil e tinha as sobrancelhas levemente arqueadas, em pontos de interrogação; para mim, que ainda não sabia de nada, ainda assim, ela me dava a impressão de se perguntar: *onde foi que eu errei?*

"Onde foi que eu errei?"

Ela desabafou, mais tarde, abraçada ao avô. Nesse outro momento, em que ela, então, sempre tão calma, se desesperava, agarrada fortemente ao avô, no sofá da sala, eu estava sobre a poltrona em frente, enterrado ali e me senti muito só. Desprezado. Porque ela não me via, assim como mal me encarou ao conversar comigo, de cabeça baixa e constrangida, no quarto. Eu me senti pequeno demais e sobrando naquela poltrona, enquanto os dois pareciam, de fato, fortalecidos no infortúnio - um abraçado ao outro e fazendo-se carícias nos braços. O que me deu um sentimento próximo da inveja. O avô falava pouco e, às vezes, em francês, para que eu não pudesse entender e parecia, então, no instante, empenhado em recolher as lágrimas da mãe num velho lenço marrom, quadriculado, que carregava sempre consigo no bolso, junto do maço de cigarros e chaves que tilintavam enquanto caminhava. Vi quando passou os dedos nos cabelos castanhos da mãe - que ela insistia em manter presos num coque, desde que meu pai se fora - e o azul dos olhos encontraram os dela, cor de avelã e ficaram a se mirar, ora com ternura, ora com desespero, assim, por um bom tempo. Eu sobrava, ali, certamente e, num ritmo compassado, passava as unhas nos braços da poltrona, sem dó de saber que deixaria ali, também certamente, a marca indelével da minha impaciência. Talvez eu fosse um pouco parecido com o pai.

Às vezes eu esquecia que o avô era o pai da minha mãe. Muitas vezes ele era só o avô, que era alguém que vivia conosco e era um amigo - um amigo bem mais velho, diferente dos da minha idade. O que eu gostava nele é que nunca falava por falar. Eu me impressionava de verdade quando abria a boca, sempre se colocando com muita convicção, imprimindo força nas palavras - o que lhe valia a admiração de muita gente. O Quim. Este era o meu avô, o amigo de cabelos brancos, costas levemente arqueadas e uma bengala. Invariavelmente de camisa de punho branca, fechada até o último botão, próximo à gola. Fizesse frio, fizesse calor. O avô podia usar calça preta, bege, cinza, mas não dispensava a camisa ou a camiseta branca. Nem os suspensórios. Um amigo que não sabia mais correr e dava passinhos em que era preciso, para acompanhá-lo, a pessoa armar-se de uma paciência infinita – que o meu pai, seguramente, já não tinha. Eu possuía, de fato, o pai mais impaciente e nervoso do bairro e quando ele aparecia na esquina, à tardinha, os amigos e eu parávamos imediatamente com as brincadeiras e ficávamos retos, mudos. Eu ficava levemente trêmulo. Abria bem as orelhas, porque o pai não gostava de repetir o que tinha para dizer. *Eu falo uma vez só*, dizia e, se havia algo por perto, como um criado-mudo ou mesa, ele dava um soco seco e direto sobre o tampo, em compasso com o final da frase. Sujeito estranho, aquele pai. Não suportava barulho, mas quando estava em casa, esta se tornava o lugar mais barulhento da face da Terra. A começar pelo fato de adorar mexer no motor do carro e gritava-me ordens para pegar a caixa de ferramentas ou isso e aquilo outro. E, enquanto arrumava o carro ou começava a lavá-lo, colocava o rádio de pilha sobre o portãozinho de ferro que dava para a rua, e ouvia-o na última altura, o que fazia com que os vizinhos, atrás dos muros, nos virassem a cara. Também era estabanado na cozinha e logo a mãe corria em seu socorro e ele acabava tendo de mão beijada tudo o que queria – e ele sempre queria tudo *prontamente*. Se não eram os chinelos era o aperitivo, ou o jornal; o cortador de unhas; o baralho; a aspirina; a escova de limpar o terno. Parecia um daqueles gênios poderosos das histórias que eu lia, então; cruzava os braços, os cenhos cerrados sob o turbante e a tudo comandava, gigantesco e encurvado para nós, sem dó nem piedade – e, milagrosamente, tudo acontecia. Sendo que gênio e amo estavam consolidados numa só figura; ele comandava, ele mesmo recebia.

Alguns dias depois que o pai nos deixou, a mãe, o avô e eu fizemos uma viagem para as montanhas. Era tempo de férias escolares e a mãe disse, retirando as roupas das gavetas: *vamos passar um tempo no hotel do Vale das Montanhas, em Avermelhados. Sempre gostou muito de lá!* No entanto, o ar melancólico com que dobrou as vestimentas e ajeitou-as nas malas não me enganaram. Pressenti que aquelas iam ser as piores férias da minha vida. Sem o pai, com a mãe imersa naquela tristeza que se apoderara dela e, ainda, com o avô que mal podia caminhar. No entanto meus olhos brilharam ao perceber que colocara a flauta do avô num cantinho da mala. Porque, além de gostar de ler, eu gostava também de música e ansiava pelas aulas de piano, três vezes por semana, com uma jovem senhora, simpática e terna, além de paciente, de apelido Mimi. Eu não sabia muito, estava no começo, era um aprendiz, mas me entusiasmava e era dedicado.

Fiz menção de pegar a flauta, só para senti-la na palma da mão, no que fui interrompido por um *nã nã nã...* Ela estava com pressa. E mais tarde soube que estávamos todos com pressa porque havia uma data para sair da casa e entregar as chaves. Com toda a mobília dentro – incluindo o nosso piano –, como parte do pagamento dos aluguéis atrasados. E, em meio aos afazeres, ela dizia ao avô – mas era como se falasse consigo mesma, a cabeça baixa e contorcendo as mãos:

"Ele não me disse, por que não me disse que estavam atrasados? Eu pegaria mais encomendas e trabalharia de madrugada, se preciso fosse!"

Porque não era só o pai que trabalhava, naquela casa. Embora ele não aprovasse, a mãe por vezes fazia doces e tortas salgadas para vender aos vizinhos. E, vez ou outra, costurava vestidos de festa

– aniversários, casamentos, bodas – também para a vizinhança. E trabalhava cantarolando e, muitas vezes, eu me colocava ao lado dela e cantávamos juntos muitas das canções que ouvíamos no rádio ou que tocavam na nossa vitrola. Estas eram horas em que acreditava ser o menino mais feliz do bairro, com aquela mãe tão talentosa e alegre. Via os seus pés metidos em chinelos de pano marcarem o compasso do pedal da máquina de costura, que fazia um barulhinho como fundo para as canções. Via os dedos ágeis transformarem meias velhas em novas, colocando o ovo marrom dentro delas e fazendo deslizar a agulha em pontinhos minuciosos. A linha ia deixando sua marca, quase transparente, numa sequência o mais das vezes imperceptível. Era uma coisa meio mágica, e que ela realizava, galopando na Singer, com uma destreza de mestre – com uma certa displicência, até. Claro. Aquele era o seu terreno, o seu universo de domínio particular. Minha mãe, eu o sabia, era uma artista da costura e da cozinha. E, mais tarde, no hotel de Avermelhados, das hortas. Mas ninguém mais parecia saber daquilo, e nem precisava – só eu. O avô e eu.

No hotel (que às vezes chamávamos de pousada), como sempre, deram-nos um quarto espaçoso, para toda a família, e que depois foi trocado por outros três – um para a mãe, no primeiro andar, outro menor, uma antiga e grande despensa, só para o avô, próximo à cozinha, no térreo e o meu passou a ser o do último andar, no sótão. E ali fiquei, para todo o sempre, como se diz nas histórias. Não éramos mais hóspedes. A mãe passou, então, a cozinhar para todos e o avô ficou encarregado de realizar leves serviços, pelos quais eu acreditava que nem fosse remunerado. Recebia o leiteiro – que aparecia munido de enormes boiões de cor cinza, onde o leite era acondicionado –, o homem do gás e outros comerciantes; colhia as flores do jardim e arranjava-as nos vasos, molhava as floreiras externas com a mangueira de borracha, assim como todas as plantas ao redor do hotel e vez ou outra mexia com a correspondência; ajudava pessoas idosas a se locomoverem, carregava bagagens leves – isto, quando havia hóspedes, coisa rara, pois diziam que lá para o lado das Colinas, o hotel grande, com sauna e piscina, já estava pronto. E era, ainda o avô quem, por último, fechava todas as portas e janelas e apagava as luzes. Ficou sendo o gerente do hotel, mas eu me lembro que ninguém falava disto. Quando algum conhecido, das redondezas, se referia a ele, dizia: *Quim, o velho da pousada.*

O velho da pousada era de estatura mediana e não havia gordura sobrando no corpo. Mas também não era seco de tudo. Também não era excessivamente encurvado e mantinha um olhar expressivo nos olhos azuis, no tom violeta, ainda bem jovial. Este olhar, segundo seu relato, havia sido a delícia das garotas francesas, as garotas de sua juventude. Assim como o porte ereto de quem outrora praticou a natação, esgrima e outros esportes que adorava mencionar. Jovenzinho, na Marinha, apaixonou-se por uma brasileira, que conhecera como turista, pedindo informações, sozinha, num canto da calçada. Minha futura avó, Jandira, saíra do hotel onde estava hospedada em Paris e ia ao encontro de seus pais, professores, ali em férias, que a esperavam num daqueles maravilhosos jardins parisienses, que eu conhecia de cartão-postal. Conversa vai, conversa vem, em meio ao parco francês da avó e muita mímica, acabaram se conhecendo melhor, marcando encontros, namorando, trocando cartas e, algum tempo depois, o avô veio para o Brasil. Casados, foram morar com os pais de minha avó Jandira, a qual deu à luz à minha mãe e veio a falecer no parto. E, depois disso, tudo é muito obscuro para mim.

Eu, a bem da verdade, não estava muito interessado na vida particular do avô – mas sabia que não havia se casado de novo e que a mãe havia sido criada pelos meus bisavós maternos e uma tia, quando esta ainda era solteira e jovem – era irmã da minha bisavó –, e que compartilhava, então, com eles, a casa. O pequeno hotel nas montanhas em que a mãe havia se hospedado, comigo e com o avô, após o abandono de meu pai, pertencia a esta tia, a Maricota, já viúva. Mas eu a conhecia só de vista, quando nas férias chegávamos ao lugar e de ouvir a voz ao telefone. Morando em Avermelhados, a cidade principal dos arredores, num asilo e longe do hotel, era de lá que dava os comandos para a mãe e o avô. Diziam que era mulher forte, decidida, boa de contas, mas a catarata, generalizada, a impedia de gerenciar o hotel. A mãe e o avô haviam chegado em boa hora.

O hotel não era grande, apenas quatorze quartos, poucos banheiros, mas dava trabalho em época de lotação. Uma fiel empregada, solteira, de seus sessenta e tantos anos, esperta e parruda, que gerenciava o lugar antes de chegarmos, era quem cuidava da lavanderia, do serviço de quartos, de toda a limpeza e que se encarregava de conferir, com a tia de minha mãe, as contas em geral. Seu nome: Hortência. E seria quase muda, não fossem as poucas palavras que emitia durante todo o dia, sem se intrometer em nossas vidas ou de quem quer que fosse. Apenas uma única vez ouvi-a pronunciar algumas frases mais longas, em tom de confidência e disse assim, à minha mãe, enxugando as mãos no avental, à beira do enorme tanque:

"Eu gostaria de ter sido freira; meu pai não deixou. Tive que lavar roupa para fora muito cedo e ajudar no sustento da casa. Não tive tempo para me dedicar à religião mais do que ir à missa aos domingos. Nada estava a favor, e acabei aqui. Mas gosto do que faço. Mas gosto mais da leitura da Bíblia e das novenas. Gosto do silêncio do meu quarto quando a noite chega – são as horas mais queridas. E ver a lua muito branca e as estrelas da janela, antes de dormir, quando o céu está bem limpo, quando então converso com o universo – ah, não há momento melhor!"

A mãe, que era pessoa sensível, depois comentou comigo: *Hortênsia é lavadeira, mal sabe ler, mas não é uma mulher brutalizada pela vida. Como que alguém que gosta de admirar a lua e as estrelas, e conversar com o Criador, pode ser?* E, balançando levemente a cabeça, sem fitar-me: *ela teve sorte, essa mulher, ela teve sorte. Sem marido, filhos, para se preocupar...*

E de toda a conversa aquilo foi o que ficou na minha cabeça: *sem filhos para se preocupar*. Eu devia ser, então, uma preocupação para minha mãe. Não, eu era, sem sombra de dúvida, uma preocupação para minha mãe. Porque havia sido difícil achar vaga numa escola que fosse perto do hotel e que fosse boa. Logo nos primeiros tempos, ali, dávamos longas caminhadas, pegando atalhos de terra e lama, conversando com a vizinhança e indo de porta em porta, e minha mãe, depois de se apresentar como a sobrinha de sua tia famosa, dizia: *veja bem, o menino precisa estudar*. Ela sorria ao retirar do ramalhete, pesando em seus braços, algumas poucas flores, ofertando-as às vizinhas, mas eu via que sobre a sua figura havia uma sombra, uma zona escura, de preocupação. A sorte era que a mãe era uma pessoa determinada, paciente e que sabia usar bem as palavras, com diplomacia. Não havia quem não gostasse dela. E de seus doces e salgados. Das roupas que habilmente costurava. E, principalmente, de seu temperamento. Mas a mãe não era perfeita.

O segredo da mãe

Um dia, quando todos pensavam que eu estava quieto lá no meu quarto, sem incomodar ninguém – e estava no topo da escada, em frente ao corredor, um pequeno quadrado que dava para o antigo sótão e o banheiro, recém-construído –, ouvi a voz do avô, em meio à conversa: *ainda se Armando não tivesse sabido que você não o amava! Essas coisas não se diz. A gente morre com elas.* Houve um silêncio e depois veio a voz, em tom baixo, da mãe: *o Armando também não me amava mais.* E o avô: *se não te amasse, por que iria colocar no bilhete, estou indo embora para não te matar?*

"Orgulho, pai! Orgulho."

E a voz do avô se elevando e ultrapassando a voz morninha da mãe e acentuando mais ainda os erres: *orgulho ferido, porque qual homem não se sente infeliz em saber que é traído pela esposa? Ah, deve ser uma dor...*

Ele também me traía e me traiu primeiro e, várias vezes, interrompeu-o a mãe, com uma certa fúria e o modo inabitual. *Mas, Leonor* – replicou meu avô –, *até parece que não conhece o Armando! O temperamento daquele homem,* mon Dieu, mon Dieu – *ele bem podia mesmo ter te matado! Dê graças a Deus!* Ao que a mãe retrucou e, novamente, mal reconheci o tom usual, suave: *ora, pai, o senhor agora vem me falar em Deus? Por favor!* Fazendo troça, o avô disse, levemente amargurado:

"Sempre esqueço que comunistas não acreditam em Deus. Mas, mulheres, comunistas ou não, deviam se apegar à religião. Nas horas de aflição, é o que salva."

A voz muito baixa, ouvi a mãe replicar: *as orações e seus apelos a todos os santos não salvaram sua mulher da morte.* E o avô, nervoso: *não tem nada a ver uma coisa com a outra. Deus sabe da nossa hora. Quando tem que ser, é.* Ao que minha mãe ponderou, a maneira branda:

"Isto mesmo, pai: quando tem que ser, é. E ponto final."

No dia seguinte, a minha grande questão era: saber o que vinha a ser um comunista, mas sem dar a entender que havia ouvido toda a conversa. E compreender por que mulheres e homens se traem, mesmo estando juntos sob o mesmo teto, dormindo na mesma cama, comendo da mesma comida. Mesmo dando beijos de boas-vindas, de bom-dia e boa-noite. Mesmo saindo de mãos dadas pelas ruas, tomando sorvete juntos e sorrindo para os vizinhos, dando a entender ao filho que, apesar dos pesares, eles se gostam e, de certo modo, se respeitam.

Hortência, dissera um dia a mãe, não era de todo ignorante; pois seria ela, então, a única pessoa ali que poderia dar uma resposta à minha recente questão - pensei. O hotel estava às moscas, nenhum hóspede sequer - como, aliás, o mais das vezes. O problema era tirar alguma coisa da boca de Hortênsia, sempre reservada e metida com os afazeres. Esperaria o entardecer, quando ela entraria no seu quartinho - nos fundos do quintal, atrás dos quadrados de hortas - e começaria a ouvir as novenas no rádio, antes do jantar e a conversar com seu gato gordo e cinza nos braços, o Peludo.

As brincadeiras daquela tarde, no entanto, me absorveram o tempo todo e, quando vi, esquecido da recente curiosidade, já era hora do banho e da janta. Minha mãe e o avô economizavam nas palavras e eu, ensimesmado, não estava tagarela, como de hábito. Porque eu era um garoto com vários pontos de interrogação sobre a cabeça e, mesmo tendo um dia banal na escola e depois dela, ainda tinha muita coisa para conversar – sempre. No trajeto para casa, às vezes encontrava o Vagabundo – o que lhe valera o apelido era o seu andar *dez para as duas*, como o de Carlitos e os pés sempre metidos em botinas furadas –, um homem que parecia ter perdido o juízo, de seus trinta anos, meio vesgo, meio cego e sempre barbado, que perambulava com um saco sujo às costas e, diziam, não fazia mal a ninguém – e isto podia ser assunto para toda a janta. Sempre fui curioso sobre sua pessoa. Vez ou outra ele aparecia pedindo comida e uma roupa, um sapato velho e não ia embora sem comentar com Hortênsia, naquele seu jeito de falar em roucos grunhidos, cuspindo um pouco, sobre algo que havia visto na parte baixa da montanha, onde ficava Avermelhados. Contava os casos lá à sua maneira, parecia mentir um pouco, se perder um pouco nas palavras, fantasiar. Mas a gente fingia que dava crédito e ele logo se ia, sem agradecer pela comida, as roupas e sem se despedir. O olhar vago, bêbado. O Vagabundo era assim, falava, falava e falava e de repente virava as costas e se ia, sumindo lá em cima, sob a luz fraca de um poste, na curva do caminho que dava para outras casas e pequenos hotéis da região e que culminava, finalmente, no mosteiro – cujo sino, logo cedo, me fazia acordar para as manhãs. E era onde o Vagabundo, diziam, dormia – no largo pátio de entrada do mosteiro, todo em tijolinhos vermelhos, com suas arcadas e trepadeiras, em meio aos enormes vasos pesados de plantas, aos gatos famintos e aos ratos que perambulavam por lá, quando caía a noite. E, também, na companhia dos fantasmas dos monges que morreram, mas que não quiseram abandonar a antiga moradia, diziam. O povo fazia um quadro sinistro do lugar, quando o mencionava, e sempre havia alguém para acrescentar um detalhe tétrico, algo que ninguém ainda sabia e cujo narrador acabava por sentenciar, orgulhoso em ser por tanto tempo o mantenedor de tal segredo: *mas, não sabia?*

O mosteiro deixava o avô um tanto melancólico, disse-me um dia a mãe, depois que ele tocara na flauta uma das minhas canções prediletas. Mencionava seu nome, que todos achavam que era Joaquim, mas não era. Isto é, ele dizia que podiam chamá-lo de Joaquim, se quisessem. E era como, de fato, o chamavam, desde que chegara ao Brasil. Mas seu verdadeiro nome era Jacques. E, a cançãozinha que eu gostava se chamava *Frère Jacques*. Ele levara algum tempo ensinando-me a pronunciá-la, em francês, quando eu era bem pequeno. Segundo ele, muitas crianças na França a sabiam de cor e era assim:

> *"Frère Jacques! Frère Jacques!*
> *Dormez-vous? Dormez-vous?*
> *Sonnez les matines! Sonnez les matines!*
> *Ding-dang-dong! Ding-dang-dong!"*

Lá de cima, no hotel, víamos as luzes, que pareciam ínfimas, da cidade – lugar pelo o qual eu tinha especial apreço, por causa do comércio, da praça central, do movimento dos carros e o jeito mais civilizado das pessoas. Algumas, diziam, tinham até televisão, embora lá no lugarejo, nem bonde ainda havia chegado, como em São Paulo. Eu não entendia aquilo. Alguns moradores tinham carro, mas o que mais se viam eram carroças e bicicletas vagando pelas ruas. No final da tarde, nos bairros ao redor da praça, muitos colocavam as cadeiras nas calçadas e conversavam, em pequenas rodas, enquanto as crianças corriam em volta e brincavam bem no meio do asfalto, sem movimento, àquela hora. A mãe então aparecia e destampava as fôrmas para que as mulheres apreciassem as encomendas: uma torta, um bolo, redondas e douradas empadinhas, coxinhas. Pés de moleque e doce de leite, ou abóbora, em enormes quadrados. Sobre nossas cabeças era uma noite negra cheia de estrelas, fazendo companhia à lua e podia-se ouvir os grilos cantando nas gramas dos jardins e ver, de vez em quando, pequenos insetos que emitiam luz, os pirilampos – e que as crianças se esforçavam para capturar –, além das insuportáveis mariposas sob a luz amarelada dos postes. Eu me juntava às crianças, algumas eram colegas de escola e, era cansado, mas feliz, que fazia todo o trajeto de volta, ao lado da mãe, que ia cantarolando uma de suas velhas canções. Quando voltava com as mãos livres, apalpando os largos bolsos laterais de seu vestido, levemente volumosos, as moedas tilintando, eu ficava mais feliz ainda. O seu trabalho havia dado frutos. Subíamos pela trilha íngreme abraçados, desde o sopé da montanha pulando poças de água, se tivesse chovido e, principalmente já a caminho de casa, desviando do mato alto, pegajoso, enlameado – ouvindo os ruídos da noite e sentindo o forte odor da mata. Vez ou outra, um cheiro de carvão queimado impregnava o ar e podia-se mesmo ouvir um radinho ao longe a tocar música de violão, a tal moda de viola. O canto lamentoso, o acento caipira. Um cão uivava, em algum lugar, já ermo. O que me deixava um tanto molinho e eu me aconchegava ao corpo de minha mãe – sentindo-lhe o suor azedo das axilas –, que subia, infatigável e mesmo com certa alegria, o caminho montanhoso que daria ao hotel. Ao *nosso hotel*, como eu dizia.

A rápida conversa que flagrara entre a mãe e o avô não terminara ali. Certa noite, na mesma posição, lá no topo da escada, ocupado em enfileirar os soldadinhos de chumbo e armar um ataque ao grupo inimigo, ouvi-a dizer: *pai, quantas vezes já expliquei ao senhor que socialista não é comunista. É diferente. O Alceu é socialista, pai;*

não é comunista. E eu, eu não sou uma coisa nem outra. Mas respeito as ideias do Alceu. Ao que ouvi o avô retrucar: *e esse aí que há algum tempo matou o presidente dos Estados Unidos, era o quê?* Ao que a mãe respondeu:

"Não sei, pai; um fanático, parece. Nunca mais ouvi falar sobre isso. E, o que a gente sabe, agora, enterrado aqui? Ao menos em São Paulo, os vizinhos tinham televisão, o jornal chegava regularmente e a gente podia acompanhar as notícias. Mas, aqui? Temos de levantar os braços aos céus quando o rádio pega!"

E o avô: *e essas reuniões de sexta-feira, são pra quê?* Fez uma pausa e não houve resposta, então continuou:

"Você achou os seus pares, por aqui, os que são contra a revolução, os esquerdistas; devem trocar ideias..."

"Revolução não, pai. Golpe. Foi um golpe militar, o de 64, quantas vezes tenho que repetir? Você parece não querer entender. Os militares tomaram o poder à força, pai... isto é golpe. E que deixou e está deixando sequelas; depois disto, o Brasil nunca mais será o mesmo, pai. É triste. Mas é verdade e é mesmo tudo muito triste. O que se tem é um regime de força, que tem apelado para a brutalidade para impor seus valores e crenças, desprezando a democracia. O diálogo. Uma boa parte da classe-média, a chamada burguesia, os apoia. Isso ainda é que é o mais triste, pois boa parte das informações não chegam mais aos brasileiros pelas vias normais, com a censura nas rádios, na tevê e com as proibições dos comícios."

O avô deu um longo suspiro.

"Estou demasiadamente velho para tentar compreender tudo isto. Não me importo. Isto é, me importo, mas, no fundo, não me importo – sabe como? Levo eu a minha vida, do jeito que tenho que levar. O governo lá, e eu aqui. O governo lá com suas ideias e atitudes e eu, aqui. Sabe como sou. Sempre tive o espírito anarquista: se há governo, sou contra."

E riu sozinho. Às vezes ria sozinho das coisas que dizia. E era por esse bom humor que o chamavam de *boa-praça*, nas redondezas. Mas a mãe parecia não ter-se dado por convencida:

O anarquismo é uma doença infantil, pai; já falei o que o Alceu pensa disto. Do primarismo da ideia. E o avô, fechando o riso e levemente irritado: *doença? Doença é essa paranoia em que vivem todos vocês, que querem mudar o estado das coisas no país. Isto sim é doença, é coisa que afeta a cabeça.*

"E o que está nos deixando doentes, pai, senão a ditadura que se instalou, provocando intranquilidade – cerceando as liberdades dos indivíduos, impondo-nos sua ideologia? Tanques e cães nas ruas, prisões, brutalidade. Os estudantes são perseguidos – tenho notícias seguras de São Paulo. Não se pode falar um isto do governo, que se já é taxado de subversivo. As pessoas – o pobre, o operariado, o cidadão comum – têm medo de falar, de se reunir em bares; acabou a espontaneidade, instalou-se o medo. Isso lá é vida, pai? Vemos coisas erradas, fala-se em carestia e não temos o direito de reclamar, porque somos considerados um perigo para o governo. Os vermelhos. Os de esquerda. Os baderneiros. Os do contra. Os que são contra a ordem. Os que não apoiam o governo, pai, recebem inúmeros nomes, adjetivos. Acha isso justo, pai, a falta de diálogo, a supressão das liberdades e, em nome de quê? De uma minoria que quer o poder. Nenhuma violência, como a que está sendo cometida, merece justificativa, pai. Pessoas estão morrendo, estão sendo torturadas, banidas do país – separadas de suas famílias, pai!"

Era estranho, para mim, olhar às vezes para a mãe e saber que a mulher doce, que cantarolava fazendo compotas de legumes e frutas, que costurava com a cabeça inclinada sobre a máquina de costura, o ar concentrado, era também a mulher assertiva que às vezes falava de outros assuntos, que não os problemas do hotel e do cotidiano e mesmo de sua intimidade, com o avô. E daquela maneira. Parecia outra pessoa. Tão enérgica! Não podia vê-la, de onde me encontrava; nem a ela e nem ao avô, lá do alto, do segundo e último andar, pois a escada, em espiral, era interrompida no primeiro patamar pelo corredor e terminava, embaixo, numa parte da sala onde estava a enorme mesa de refeições. Somente em direção à porta principal é que ficavam o sofá, a mesinha de centro e duas poltronas de tecido gasto, sob dois compridos abajures em pé – e era onde, nesta saleta, costumavam conversar, àquela hora. Uma estreita sala de visitas, anterior à entrada onde ficava o balcão da recepção do hotel. Era ali que alguns hóspedes se acomodavam, antes de partir. Mas, muitas vezes, o avô e a mãe conversavam também junto à grande mesa, onde dispunham cartas de baralho e jogavam um jogo em que um deles dizia: *você dá o vivo e eu, o morto* – empurrando o vaso central e a toalha de crochê para os lados e, tarde da noite, quando eu levantava para ir ao banheiro, ainda podia ouvir suas vozes empolgadas, ali.

"Pai, o senhor não sabe, mas eu pareço que entendo de política, mas não entendo. Isto é, eu sei do sentido geral da coisa e da necessidade de lutar contra esse governo, mas vou lhe dizer com toda franqueza: não me interesso por política. Eu me interesso, pai, pela humanidade. Pelo bem da humanidade. Dá para entender a diferença? O Armando, seu genro, é de direita, pai, isto eu sei, pelas opiniões dele. Um reacionário. Não penso como ele, penso como o Alceu. E foi isto que nos aproximou. Mas não penso em política, pai, quando penso nele, e sim no homem bom que é – enquanto o Armando sempre foi um egoísta e sempre pensou só nele. No trabalho dele, no carro dele, nos ternos que queria sempre impecáveis, os sapatos com brilho, a comida posta na mesa na hora certa. Tudo sempre na hora certa, segundo as conveniências *dele* – claro. No começo do ano passado, quando estávamos ainda em São Paulo, eu lhe disse: *preciso ir ao centro comprar material escolar para o Tomás.* E ele deu de ombros, respondendo, com desprezo: *e eu com isso?* Eu fui firme: *Armando, o filho não é só meu.* E ele foi bruto, pai; disse, sem me encarar, ocupado em engraxar os sapatos, a voz áspera: *tem certeza? Por que eu, não tenho.* Ele foi um covarde, pai, porque sabe que conheci o Alceu muito, mas muito tempo mesmo depois do Tomás ter nascido. E se há um defeito que não posso suportar num homem, é o de ser covarde."

Tomás. Ela falava com a boca cheia, o meu nome. Eu gostava daquilo e da sílaba forte deste meu nome. Quando estava bem carinhosa, dizia-me: *Tom-tom!* Assim, os apelidos grudados e deixava escrito assim, nos bilhetes, quando tinha algum recado para me dar. Já quanto ao avô, quando ela falava a estranhos sobre ele, dizia: *o Quim*. Não dizia *meu pai.* Nem *seu Joaquim.* Muito menos, *Jacques.* Quim era o apelido de infância do meu avô e, segundo um dia me contou, a avó o chamava também deste modo e, ainda, muitos dos seus amigos, todos já distantes ou falecidos. Esta, aliás, era uma das queixas do avô: seus amigos, quase todos eles, já haviam falecido. Em sua caderneta de endereços havia inúmeros nomes riscados e, ao lado, uma cruzinha preta feita a lápis. Eu achava triste olhar aquilo, a fileira melancólica de cruzinhas.

A mãe não era perfeita e meu avô, também não. Fumava feito uma chaminé, diziam todos. E, segundo Hortênsia, ele tinha envelhecido mas não tinha criado juízo. Ela resmungava, pela casa:

"O seu Quim pensa que os pulmões são uma fornalha! Não percebeu ainda que não são e não vai perceber nunquinha! Com essa idade! Ah deve estar tudo preto, que nem panela para ser ariada, só que panela a gente consegue esfregar, esfregar e tirar o preto com a palha de aço, mas... e o pulmão? E aqueles dedos? Mais amarelos que miolo de margarida! Deus o livre! E aquele hálito, no final do dia, que às vezes mais parece bafo de leão? Deus que me perdoe!"

E se persignava. Mas, diretamente a ele, Hortênsia não dizia nada, calada que era e eu desconfiava que ela gostava de pitar de vez em quando um velho cachimbo que ficava sobre a mesinha ao lado da poltrona, na entrada do seu quartinho lá nos fundos. Ninguém sabia, porque quando tudo silenciava, as luzes do quintal eram apagadas e não se sabia mais dela. Eu não me aventurava a cortar os caminhos entre as hortas para chegar lá, de medo dos morcegos e das enormes baratas voadoras. Sem falar dos sapos, das lesmas, as aranhas e toda espécie de bicho que me enojava, embora gostasse de apreciá-los, com curiosidade, a curta distância. Mas tinha medo de pisar neles no escuro. (Um garoto da escola havia sido picado por um escorpião, tiveram que correr às pressas com ele para Avermelhados e todos falavam em morte – aquilo me impressionara. Naquele dia, tive pesadelos, chamei pela mãe no meio da madrugada, molhei o lençol e, intimamente, me senti um covardezinho. A mãe me consolou, no entanto. O garoto não ia morrer; havia bons antídotos contra picada de escorpião. Eu que me acalmasse e tratasse de dormir. Fiz que sim, mas não preguei o olho e a figura de um escorpião de corpo brilhante, com seu terrível e mortal ferrão, pairava sobre minha cabeça, no escuro).

Eu ainda era um garoto da cidade, com velhos hábitos da cidade. Quando anoitecia, ia para o quarto e lia sob a luz do abajur da cabeceira, refestelado sobre a cama, as almofadas às costas – e um inevitável prato de guloseimas ao lado, que podiam ser palitos de chocolate, comprados na feira da cidade pelo avô, ou doces feitos pela mãe. Também brincava com os soldados de chumbo, os tanques de guerra, os índios e os caubóis sobre o tapete do quarto, ou no topo da escada – quando achava que a conversa lá embaixo estava ficando interessante. Brincava, mas com o ouvido esticado. Tinha um jogo de quadradinhos de madeira coloridos que formavam um castelo e era bom montá-lo e desmontá-lo, reinventando o teto, ora com o relógio no topo, ora sem ele, ora com ponte levadiça, ou torres – que podiam ser altas, baixas, com janelas ou sem – e depois era inventar os personagens, desenhá-los e recortá-los em papelão: o cavaleiro, a donzela, o arqueiro, o feiticeiro, o rei, a rainha, o carrasco, os cavalos... e fazê-los se movimentar por ali. Eu não precisava de muito para dar asas à imaginação. Devia – eu o sabia bem, desde muito cedo – ao avô e à mãe ter-me tornado um garoto criativo, com gosto pelo lúdico. Eu gostava de dar forma aos meus brinquedos, inventá-los, manipulá-los.

O avô não era mesmo perfeito. Bom, ninguém era, mas algumas pessoas, eu podia concluir, tinham mais defeitos que outras e, alguns, tinham defeitos mais feios, graves, que outros. Eu não via muitos defeitos no avô. Mas ele tinha lá suas manias. Não gostava que, quando estava fazendo contas, a gente chegasse muito perto e começasse a puxar conversa. Às vezes gostava de fumar em silêncio, na varanda, fixando o olhar no céu e ouvindo moda de viola no rádio, escarrapachado na sua cadeira de balanço preferida, soltando argolas esbranquiçadas para o alto, e ai de quem dirigisse a palavra a ele. Colava o rádio ao ouvido, cofiava o bigode, a barba curtíssima e branca e não respondia; ou perguntava, a voz propositadamente rouca, meio brusco, meio sem educação, até: *é urgente ou dá pra deixar pra depois?* A cara fechada. Claro que quase nunca era urgente e eu me sentava ali, no degrau da varanda e ficava ouvindo a moda de viola com ele, ouvindo e observando os insetos – principalmente a dança mágica dos pirilampos – e, logo, sonolento, subia para o quarto. Sob a luz fraca da varanda, não raro eu ficava fazendo companhia a ele, vendo uma lagartixa correr pelas paredes, apontando uma estrela cadente – e como era bom o perfume da dama-da-noite! –, brincando com um carrinho que subia pela minha perna e fazia piruetas sobre o joelho, para depois fazê-lo descer novamente pela perna. Mas logo o tédio me vencia e eu me dizia, amuado: queria tanto voltar a morar na cidade!

O avô tinha um defeito que todos achavam grave: não gostava do Peludo e, na primeira oportunidade, dava com a bengala no traseiro do bicho. De leve, mas dava. Pobre Peludo, ele que não fazia mal a ninguém. Se acaso alguém repreendia o avô, este exclamava: *nem cheguei a acertar! É só pra dar susto, mesmo. Não gosto de gatos, trazem má sorte*! Já a mãe dizia o contrário, que gatos, de qualquer raça ou cor, eram bem-vindos numa casa e traziam, sim, boa sorte. Os orientais, ela dizia, respeitavam e tinham muito apreço pelo gato. Mas eu me perguntava, então, por que Hortênsia tinha aquela vida sem graça, se Peludo lhe trazia sorte.

Todos, longe da cidade, a meu ver, tinham uma vida sem graça. Sem grandes emoções. Descolorida. Principalmente eu, que lia as aventuras nos livros, via as figuras e era obrigado a ficar ali naquele pedaço de chão, onde quando o vento batia, era um deus nos acuda. A mãe falava, divertidamente, troçando, correndo com as bacias de metal cinza, para recolher a roupa do varal: *O Morro dos Ventos Uivantes!* Só mais tarde eu saberia desta importante obra, através do livro e de filmes, mas achava engraçado o jeito como dizia a frase, exclamativa, correndo esfogueada. Quase nada tirava o humor de minha mãe. Mesmo no dia em que algumas telhas sobre a cozinha, de teto mais rebaixado, voaram longe, por causa da ventania, ela manteve o sangue frio e disse ao avô, com toda a calma, que iria na cidade, no dia seguinte, saber de alguém para consertar o telhado da pousada. Eu sabia bem que se isto tivesse acontecido ao meu pai, ele arrancaria os cabelos, como se diz; gritaria que aquelas desgraças só aconteciam a ele; faria as contas na mesma hora, calculando o prejuízo na maquininha, desesperado; se diria, bastante corado, o mais desgraçado e infeliz dos homens. Se degolaria.

Depois da conversa que ouvira em segredo, uma nova dúvida me assaltava: e se o avô morresse, se Hortênsia também morresse e minha mãe fugisse com o tal Alceu? O que seria de mim? Quem seria o Alceu e onde morava? Moraria em Avermelhados? Seria solteiro, o homem? Seria ele quem comandava as tais reuniões às quais a mãe comparecia, toda sexta-feira, ao entardecer? Se estava na cidade, por que não a acompanhava de volta, ela que sempre chegava conversando com a vizinha que morava um pouco acima, a dona Maria, sempre grudada ao irmão, o viúvo Nonô – que trazia as duas de jipe –, despedindo-se deles à porta? Se ela e o Alceu se amavam e a mãe havia sido abandonada pelo pai, por que não se encontravam às claras, à luz do dia? Se o homem ainda existia e morava na cidade, por que ninguém nunca comentava sobre ele, o tal Alceu, em todos os lugares por que passávamos?

A mãe tinha um comportamento recatado, de mulher viúva e, às vezes, quando encontrava uma conhecida e se referia a mim, aconchegava-me ao corpo, passava a mão em meus cabelos e exibia--me, puxando-me a franja e a testa para trás:

"Olha como está crescido, o meu homenzinho! Logo vai ser o chefe da família!"

Se eu era o seu homenzinho e seria o chefe da família, onde andaria o tal Alceu? Onde, também, andaria o pai? Voltaria e mataria a mãe no meio da noite? Eu teria, então, que ao invés de esquecê-lo, odiá-lo? Tudo isto povoava meus pensamentos, durante o dia e não raro os professores chamavam minha atenção, pedindo que levantasse a cabeça da carteira, deixasse de *voar* e me concentrasse nos estudos. *Volte para a Terra, Peter Pan!* Mas eu não era o pior aluno da classe. O pior aluno da classe era o Pelé, que era um garotinho negro, de nome Jacinto, mas ao qual todos haviam apelidado de Pelé. Muito pobre, as roupas puídas, a cabeça sempre baixa, assim como as notas, eu me condoía desse meu colega – mas ninguém e, confesso, nem mesmo eu fazíamos grande coisa para ajudá-lo. Eu, pelo menos, não sabia como. O menino era fechado, não procurava por ninguém no intervalo das aulas e ficava lá, num canto, vendo-nos comer o lanche, a fazer um beiço triste de inveja que dava dó. Mas logo eu me esquecia dele. E acho que era o que queria: que a gente esquecesse dele. Se me entendem. Porque ele era único, e sabia disto.

Eu gostava de imaginar que um dia iria voltar para São Paulo. Quando tocava no assunto, ouvia da mãe: *aquilo está virando um gordo porco cravado de espinhos!* Os espinhos eram os edifícios altos – explicava-me, aos quais tinha horror. E, *porco gordo* porque a cidade inchava e se encontrava cada vez mais suja. Cinza. Com um cheiro estranho. Fiquei bobo com a imaginação da mãe! Certa vez ela e meu pai comentaram, num passeio de carro, que as pessoas haviam perdido a noção até de como deveria ser a arquitetura das cidades, cometendo verdadeiros assassinatos ao enchê-las de viadutos feios, prédios altos e horríveis e abandonando os parques, as áreas verdes, a arquitetura leve dos anos 50. Desprezando a importância do silêncio, do sol e das paisagens, da necessidade do azul se espalhar com conforto sobre a cidade. *Acho que ainda vamos viver tempos muito tristes*, concluiu, desolada. (Ah, sim e eu pude confirmar isto bem mais tarde). O pai já era mais exaltado, batia com a mão no volante se o carro da frente não andasse logo. Buzinava bastante. Ele se adaptava, lá do seu jeito, à caótica situação. E como corria nas estradas! Era de dar medo, embora fosse excitante. E o avô, quando a degradação da cidade era o assunto, sempre dizia:

"A memória. Ninguém mais liga para a memória de um lugar, para a História. Derrubam as casas, uma atrás da outra, mesmo as bem antigas, assim como as árvores que demoraram tanto para crescer e ficarem belas, darem frutos – como fica, então, a memória de um povo, de uma cultura? Há lugares que não reconheço mais. Ah, os velhos sofrem! E sofrerão as crianças de hoje, de amanhã, nessa São Paulo!"

São Paulo. Eu só conseguia pensar que tinha saudades da minha bicicleta – que havia sido vendida junto com os móveis – e de entrar na casa dos vizinhos para ver televisão e tomar lanches de graça (que mães generosas ofereciam) e, ainda, de entrar nas livrarias e bancas de revista procurando o que ler. Quando relatava tais frustrações à mãe, ela, que também adorava ler, dizia: *ah, meu pequeno Górki! Este seu amor aos livros! Quem sabe algum dia também não vai ser escritor, como ele? Você que é tão bom de composição!* E me falava um pouco de Máximo Górki, o escritor e dramaturgo russo. Que infância miserável havia tido o pobre coitado! E era verdade, eu era bom de composição. Sempre tirava a medalha dourada de primeiro lugar, no mês. Ia com ela para casa, orgulhoso, o quadradinho reluzente preso com um alfinete no bolso da camisa. Havia o primeiro, o segundo e o terceiro lugar, sendo que para estes últimos, a medalha era cor de prata. Éramos chamados à frente da classe para receber a condecoração; ganhávamos os aplausos dos colegas (bem, de alguns, porque havia os invejosos e os indiferentes) e a usávamos no peito por um mês seguido. O avô e a mãe gostavam, davam-me pequenos abraços, afagos, a mãe fazia um doce especial; o pai fazia um muxoxo, sem me fitar e dizia, entre dentes: *não fez mais que a obrigação.* Eu não ligava; pior era vir com o boletim com as notas de matemática em vermelho. Aí sim, a coisa ficava feia. Eu jamais poderia gerenciar um hotel - eu me dizia, já ali, na pousada. Contas, números, não eram mesmo o meu forte. Mas, e eu lá ligava? Como dizia a mãe, citando um velho ditado: *o que seria do verde se todos gostassem do amarelo?*

E eu não sabia ainda o que queria ser, quando crescesse. Muito menos depois que havíamos nos mudado para as montanhas. Apenas sabia que, se um dia tivesse mulher e filhos, eu comunicaria a eles que iria abandoná-los - para evitar sofrimentos. Porque eu sofria com a ausência do pai. E me sentia traído. Se bem que, pensava às vezes, se fosse o contrário, se fosse o avô que tivesse ido embora, seria pior. Era ele quem me defendia das surras de meu pai e do seu excesso de nervosismo. E sua mão, ultimamente, andava cada vez mais pesada. Ele, para meu espanto, se excedia. O avô, então, por vezes, me protegendo com o próprio corpo, enfrentava-o:

"Não se bate mais nos filhos, hoje em dia. Pare com isso! Você, Armando, está atrasado no tempo."

O pai

E eram mesmo novos tempos. Eu gostava de um conjunto inglês, os Beatles – de uma cidade portuária na Inglaterra, chamada Liverpool. Eles eram John, Paul, George e Ringo. O Paul era canhoto, tocava baixo, tinha uma franja bem cortada e comprida sobre a testa e as garotas suspiravam por ele – *que bonitinho*, diziam, revirando os olhinhos, recortando as fotos das revistas e colando-as nos fichários da escola. O George era guitarrista, magrelo e meio dentuço. Também com uma franja meio de lado, espalhada sobre a testa. Mas não era feio. As meninas diziam que ele tinha... *charme*. O John era míope – eu havia lido em algum lugar –, mas não gostava de usar óculos e aparecia apertando os olhos em todas as fotos. Além da guitarra, tocava também gaita. Havia feito alguma piada, numa cerimônia, com a rainha da Inglaterra. Era o mais irreverente. E, claro, também trazia uma vasta franja sobre a testa. E o Ringo ficava lá atrás, na bateria, mal aparecia e era bom (para os meninos), porque as meninas diziam que era feio e baixinho. Mas as meninas mais estranhas da classe o haviam adotado, o Ringo, com seu nariz gordinho e ar brincalhão, os olhos sorridentes, anel no dedo (e a inevitável franja sobre a testa). Era o queridinho delas. Ainda bem que muitas gostavam do Ringo – coitado. Já pensou? Até de Cavaleiro Solitário apelidaram o Ringo, na minha classe! E o pai dizia, ranzinzando, com desprezo:

"O rock veio para desgraçar a música. Para banalizar a boa música. Um bando de cabeludos..."

Era assim que se referia aos jovens que passavam por nós, especialmente se estavam sobre lambretas ou motocicletas, as calças bem apertadas: *um bando de cabeludos...* Mas ele mesmo já não usava o penteado tão curto. O de Elvis Presley havia caído de moda. E, com os Beatles, chegaram as inevitáveis franjas e eu havia deixado a minha crescer, quase cobrindo os olhos. Mas quando estava no ponto certo, lá ia eu para o barbeiro, quase arrastado pelo pai ou o avô. Mas era o que as meninas gostavam, na gente: que fumássemos (mas eu não fumava, pensando nos dedos e dentes amarelos do avô e, ainda, naquela respiração curta, chiada - afora a visão da panela que não podia ser ariada), que usássemos cabelos compridos, que dançássemos e que tocássemos algum instrumento, principalmente o violão. E eu era sem jeito para a dança e não dominava, ainda, o piano - embora gostasse muitíssimo até de música clássica e me esmerasse em tocar direitinho, mas a coisa ia levar tempo para ficar perfeita. E fazer figura junto às garotas. Só me restava, portanto, manter os cabelos compridos, caindo sobre as orelhas. Mas o pai não queria saber do gosto das meninas e só fazia me dizer que *eu não iria virar um cafajeste daqueles.*

Cafajeste era um termo que estava na moda. Todo mundo que não prestava, que usava a camisa aberta no peito ou cuspisse de lado, por exemplo, era cafajeste. O assassino de Kennedy, diziam, era um cafajeste. E um canalha. O vizinho, que deixava o motor da motocicleta esquentando logo cedo antes de partir, era um cafajeste. Um *cafajeste sem consideração*, dizia o pai e, abrindo a janela, gritava alguns desaforos, mas só recebia de volta o barulho alto de umas pisadas que o rapaz dava nos pedais e logo o ruído se perdia na primeira curva. O pai batia as ventanas de madeira das janelas, com raiva e eu não sabia o que era pior... porque começava um bate-boca com a mãe, e eu e meu avô não conseguíamos mais pregar o olho.

Um dia a mãe o repreendeu: *você, Armando, também não tem consideração por mim, nem por seu filho e nem pelo Quim. Deixe a gente dormir um pouco mais, homem, que o dia vai ser duro!* Acho que foi daquele dia em diante que o pai parou de bater as janelas, mas sempre resmungava um pouco antes de voltar a dormir: *o mundo está cada vez mais barulhento. Vai chegar o dia em que ninguém mais vai ter sossego*! (É. E eu pude constatar isto, mais tarde, já na vida adulta).

Sim, nisso o pai tinha razão. Nós tínhamos um rádio e uma vitrola; os vizinhos tinham rádio, vitrola, gravador de fita-cassete e televisão. Mas eu sabia de gente rica que tinha mais de uma tevê em casa; de gente que tinha tevê até na cozinha. Traziam coisas estranhamente pequenas dos Estados Unidos ou do Japão, como rádios portáteis que cabiam no bolso, filmadoras e minúsculos aparelhos de tevê. Uma garota da vizinhança, da área mais rica, tinha uma boneca que se parecia com a Brigitte Bardot – ao menos, era o que comentavam. Ela vinha até a nossa rua com a boneca, que era loira de cabelos até a cintura e olhos claros que mexiam, para fazer inveja às outras meninas – diziam –, que tinham bonecas brasileiras comuns, de cabelos castanhos e olhos parados, arregalados. A mãe balançava a cabeça para os lados, desaprovando o que chamava de exibicionismo e comentava: *onde está a mãe dessa criança, que não vê o mau comportamento da filha?* E a pergunta ficava sem resposta, já que os pais haviam se separado e ninguém sabia em que país andava a mãe da menina. Uns diziam que na Argentina, outros, que no Uruguai – mas ninguém sabia ao certo. Entre os vizinhos, falavam mal do homem que, alto executivo, trabalhava muito e que a mulher se queixava que, de tanto trabalhar, ele não tivera tempo para ter bom gosto. Assim – comentavam –, ela se apaixonara por um homem de menor poder aquisitivo, mas fino, de bom gosto e que gostava de artes, de viajar e frequentar museus. A mãe a tudo ouvia, boquiaberta e apenas exclamava, sem se perturbar muito, naquele seu jeito manso:

"Em que mundo estamos!"

Mal sabia ela que nosso lar logo mais iria ser desfeito, como também, na vizinhança, seguidamente, tantos outros. Eram os tempos. Como diria o avô Quim.

Complô

E a curiosidade matou o gato. Dizem. A mãe se despediu de mim e do avô, ajeitou os cabelos sob o coque, próximo à nuca, passou os dedos em volta dos cantos dos lábios, acho que tirando dali algum excesso de vermelho e lá se foi, como toda sexta-feira à tarde, para a reunião semi-secreta. O avô, próximo à grande mesa de madeira, esfregou as mãos e fitou-me, os olhinhos brilhantes, baixando um pouco a espinha, embora eu tivesse já quase a sua altura: *que tal a gente tomar um copo grande de leite gelado com chocolate, mais o bolo de laranja que sua mãe deixou no forno?* Eu apenas disse: comi isso agora há pouco. *Ah*, murmurou o avô, um tanto desapontado e, dando-me as costas, encaminhou-se à cozinha. Não sei o que me deu. Abri a porta e comecei a descer, esbaforido, o morro pela trilha mais curta que ia dar na cidade. Era um caminho que, quando chovia forte, virava uma lama só e muitas vezes, ao sair para a escola, eu carregava uma camiseta e meias brancas extras dentro da maleta escolar – que normalmente já era um peso danado –, em caso de escorregão sob a chuva. O que, aliás, quase sempre acontecia.

Escurecia, mas não tive medo, porque logo estaria na praça central, forrada de gente àquela hora. Os velhos jogavam dominó, as crianças, ainda em seus uniformes, estavam como moscas de olho grande em volta do carrinho de algodão-doce e pipoca, e as mulheres, estas caminhavam conversando umas com as outras, em passos lentos; algumas faziam tricô e crochê, aboletadas nos bancos de ripas de madeira, de tinta descascada e encardidos. Alguns deles levavam o nome de famílias do lugar, que ajudaram na construção e colaboravam ainda na conservação da praça. Alguns pais de família estavam por ali, já àquela hora, junto aos bares, às casas de loteria e próximos aos carros e às suas bicicletas empoeiradas. Conversavam entre si, liam jornais sobre muretas, faziam palavras cruzadas, bebiam cerveja à sombra – os cães pidões em volta. De seus corpos vinha um ar morno, de pão tostado, de suor velho. Não tive medo. Só não sabia, ainda, por onde começar a minha busca.

Na praça, vi a mãe de uma colega tricotando num banco e me aproximei e, antes que dissesse alguma coisa, ela me interpelou, levantando os óculos e prendendo-os sobre a testa: *Tomás, não está com sua mãe?* E, diante do meu mutismo: *não foi com ela às compras?* Cravava os olhos em mim, aguda e impiedosamente. Não pisquei e fiz que não, balançando a cabeça para os lados. Depois acrescentei, baixando-a, por causa da mentira: *tenho um recado do meu avô para ela.* Displicentemente, a mulher estendeu o dedo, apontando ao longe:

"Acaba de dobrar a esquina; deve estar indo ao mercado municipal, como sempre. Eu podia jurar que estava com ela!"

Ah, não, aqui estou eu, falei e saí correndo, esquecendo de dizer adeus e agradecer pela informação. Dobrei a esquina e de longe vi o vestido amarelo com florezinhas azuis que eu conhecia bem. Perto do cotovelo direito da mãe, a bolsa marrom em forma de um quase triângulo esquisito balançava para lá e para cá. Diminuí o passo e fiquei atento – se ela olhasse para trás, estava perdido! Mas não se virou e continuou o caminho, passando pelo mercado e subindo a ladeira íngreme, que ia dar numa rua sem asfalto de nome Jacutinga. Eu conhecia de nome e de fama, o lugar. Era onde moravam os pobres, ou seja, além do mercado municipal. Quando alguém dizia, fulano mora lá pras bandas do mercado, da Jacutinga, a gente já sabia que era uma zona pobre, esquecida e vez ou outra sabíamos de um crime ocorrido ali. Mas era raro. O que havia eram brigas entre vizinhos, casais, coisa pouca. E lá na praça os adultos comentavam as histórias. Era lá que morava o Pelé, o garoto negro da minha escola. Eu sabia também que de lá é que saíam as empregadas que iam para as casas dos mais abastados. Certa vez quando o hotel lotou, por causa de uma convenção no mosteiro, foi lá que a mãe arranjou uma ajudante de cozinha.

E a mãe, quando entrou na tal Jacutinga, olhou para os lados e, abrindo um portãozinho de madeira, atravessou, com determinação, o jardim de uma casa amarelinha, acabrunhada, que se apresentava logo na esquina. Os muros baixos, as paredes descascadas. Eu me escondi atrás de uma árvore, por precaução, mas a mãe já subia o degrau que dava para um terracinho e entrou pela porta principal, firme, sem olhar para trás. Esgotei o resto do caminho e parei em frente à casa, sem saber como proceder, enfiando as mãos nos bolsos e me sentindo meio idiota por estar ali, no final daquela perseguição que, então, me parecia ter sido inútil. Resolvi ladear o muro pelo lado de fora da casa, que mantinha nas laterais as janelas abertas, cobertas por grossas cortinas. No entanto, na parte de trás, descobri uma terceira janela. Deixava entrever um tecido leve e que esvoaçava por causa da suave brisa que batia ali. Os fundos da casa iam dar no nada, num começo de morro de terra avermelhada – aliás, terra vermelha era o que não faltava por aquelas bandas –, pontilhado aqui e ali por tufos de capim selvagem. Somente lá em cima, no fim de um caminho pedregoso, começava de fato o bairro pobre, afastado e onde as casas de tijolo cru e lata geminavam, amontoadas. Naquele ambiente inóspito, a noite a ficar mais negra, pude ouvir dentro da casa as vozes das pessoas. Pulei o muro, cheguei perto da janela acortinada. Na parede, ao lado e acima de uma ventana, a luzinha fraca de uma lâmpada brilhava dentro de uma luminária em formato de concha, o gesso cor-de-rosa desbotado. Mas a janela era alta e o parapeito me parecia inalcançável. Não via como entrar por ali. Desanimado e com o esboço de uma ideia na cabeça, voltei para a frente da casa. Faria como a mãe: com passos determinados, atravessaria o jardim e abriria a porta da frente. Diria, topando com ela e me esforçando para parecer natural: *o avô tem um recado para você*. E depois pensaria numa outra coisa. O importante era flagrar a mãe com o tal Alceu e ver a cara dele. Saber quem era o homem que fazia, então, as vezes de marido da minha mãe. O padrasto, pensei. Eu tinha, então, um padrasto! Apesar de provavelmente meu verdadeiro pai estar ainda bem vivinho, em algum lugar, longe.

Atravessei o jardim, mas não com determinação como planejara. Veio uma irresistível vontade de fazer xixi. Era o copo grande de leite com chocolate que havia tomado com a mãe, antes de sair, fazendo efeito – pensei. Com as pernas levemente trêmulas, a contragosto subi o degrau e alcancei o pequeno terraço de ladrilhos velhos e opacos, os mosaicos em azul e branco. Dali, ouvi claramente vozes femininas, que vinham muito provavelmente da sala. Distingui muito bem a de minha mãe:

"...nenhuma amiga me apoiou. Digo isto sem amargura, sem ironia, sem rancor: sempre, nos momentos difíceis, quando precisei contar com elas, todas desapareciam e davam desculpas - farejando algo ilícito, problemático, no ar. E eu as compreendo. Eu as entendo. Cada um tem sua vida. Elas têm famílias; é complicado. Mas era bom quando iam em casa e a gente tomava chá, café e eu fazia uns bolinhos-de-chuva quando o dia estava sem sol. Às vezes, íamos ao cinema. Foi bom. Mas não posso contar com elas. Com nenhuma das duas. Hoje eu sei disto."

E uma voz rouca, desconhecida, de mulher mais velha que a mãe: *não é possível que não tenha onde se hospedar, mas, está bem. Este é o menor dos problemas. Muitas mulheres são de São Paulo. Vou ver a casa de alguém onde possa ao menos passar uma, duas noites. E, agora, anime-se. A gente deve manter a saúde e ser positiva, nessas horas.*

Eu ficaria mais ali, ouvindo, até entender o segredo da mãe. Até entender por que saía de casa, todas as sextas, à tarde, para falar com aquela mulher que estava pensando em arrumar um lugar para ela na cidade em que havíamos um dia morado. Iria sem mim, sem o avô? Por que voltaria a São Paulo? Estaria lá o tal Alceu? Estava com tais perguntas na cabeça quando um homem de cabelos vermelhos parou na calçada e olhou fixamente para ali onde eu estava. Depois ficou me encarando fixo, sem nada dizer. Dei umas voltinhas curtas sobre os passos, a cabeça baixa, mas tentando entender o que era aquela aparição. Ele, então, empurrou mais ainda o portãozinho que eu me esquecera de fechar e foi entrando, resoluto, como se a casa fosse dele, as mãos enfiadas nos bolsos da calça. E foi, olhando na minha direção, logo dizendo, não de maneira bruta, mas com certa autoridade, o queixo erguido: *o que está fazendo aí?* Olhei para ele, a pele branca do rosto tinha se tornado levemente rosada nas bochechas. Demorei um pouco a dizer, enfiando eu também as mãos nos bolsos e erguendo os ombros, me espigando: *nada*. Ele se aproximou mais, franzindo o cenho e então dei um pulo como sempre vi Peludo fazer, para o lado e atravessei correndo o jardim na transversal. Saltei por sobre o muro baixo e comecei a percorrer, às carreiras, o caminho de volta para casa.

Eu suava em bicas quando passei pelo coreto, na praça. Não era dia de música. Bandinha com música, só nos fins de semana, quando então acendiam a fonte luminosa ao lado do coreto – jatos de água colorida formavam estranho contraste, algo meio mágico, com a noite escura do jardim, mal iluminado por um poste aqui e outro ali. Os namorados escolhiam os lugares mais escuros para se beijar, perto dos arbustos mais altos e frondosos e longe dos postes de luz, e nós, que éramos, como se dizia, *pessoas de família*, tínhamos que passar longe daquelas paragens ou estávamos sujeitos aos beliscões de nossos pais. Perto do coreto, o cheiro de pipoca com queijo derretido entrava pelas narinas. Pessoas caminhavam devagar, ali, ao entardecer. Neste passeio, dando voltas nos mesmos lugares, tomava-se sorvete, comia-se pipoca e os casais amigos, os adultos, se encontravam para trocar ideias. Falava-se do tempo e outras amenidades. As crianças brincavam em velocípedes; as meninas pulavam corda numa área mais alargada ou desenhavam ali a amarelinha, o caracol, riscando o chão com um giz que era capaz de ficar dias ali, caso não chovesse. Os pré-adolescentes, como eu, e mesmo os adolescentes já não gostavam tanto daquele jardim. Eu tinha um colega que me dizia preferir ficar em casa, ouvindo discos na vitrola ou lendo gibis, a brincar na praça com os outros meninos. Como eu não tinha mais vitrola e nem bicicleta e os gibis eram raros, por causa do dinheiro curto, gostava de ir ao coreto com a mãe e ficava pulando uma amarelinha invisível nos mosaicos de pedras do calçamento ou ficava por perto, escutando a conversa dos adultos. Porque nos anos 60, lá no século XX, os filhos não tinham muita participação na conversa entre os pais e os amigos destes – enfim, quando um adulto conversava, a gente se limitava a brincar com outras crianças ou fingia que estava distraído e não entendia bem o que os mais velhos falavam, caso contrário, éramos enxotados dali. Ou, éramos severamente repreendidos por sermos *abelhudos*. Eles sempre tinham assuntos que *criança não pode ouvir*. Criança não se mete em conversa de adulto, diziam. Eu me conformava com aquilo – tentava ser obediente. Queria ser um bom neto para o avô e um bom filho para a minha mãe. Mesmo esta amando outro homem, eu achava que havia ficado com um ar de abandonada depois que o pai nos largou. Eu não achava bom demonstrar, mas tinha pena. Pena, não, compaixão. *Compaixão*, dizia o avô, *é um sentimento muito nobre. Você sente um pouco a dor do outro e ele, mesmo até sem saber, está dividindo esta dor com você*. Compaixão. Eu achava interessante esse sentimento. O avô dizia que o maior trunfo do cristianismo era a compaixão e que quando Cristo havia sido crucificado na cruz, havia-o feito por nós e que àquele gesto dava-se o nome de compaixão. Eu tentava entender. Eu me esforçava e tentava entender, mas as ideias religiosas e a convicção do meu avô ainda não haviam atingido o meu raciocínio imaturo, o entendimento de uma criança.

Eu suava mesmo em bicas quando passei pelo coreto da praça, quase vazia, àquela hora. O que me permitiu encostar perto de uma árvore, num canto escuro e despejar num canteiro todo o líquido que ansiava por se ver livre de mim. O vento fazia com que as folhagens próximas gargalhassem, histéricas, envolvendo-se umas às outras, abraçando e também beijando umas às outras, violentamente. Era um espetáculo um tanto temeroso de se observar. E, em seguida, caminhando por uma alameda, vi quem eu sempre evitava ver, que era a Cleo. A colega do ginásio. Não era a menina mais bonita da classe, digo, não era linda, era só bonitinha, mas era ela quem havia sido a mais simpática quando cheguei, ano passado, sem conhecer ninguém na escola. Tinha o rosto de lua, duas adoráveis covinhas pregadas nas bochechas quase sempre róseas, quando ria, e uma franja reta no meio da testa, sempre bem aparada e brilhante – não era como a minha, meio para o lado e seca, naquela textura de palha do meu cabelo. Ela dizia que o meu cabelo espetado, atrás, parecia o penacho de um passarinho, no topo da cabeça. Eram só uns fiozinhos, mas ela sorria e apontava para eles meio em tom de troça. Mas não zombava de um jeito feio e sim com um pouco de ternura no olhar e na voz. *Coquette*, como diria o avô.

Foi a ternura que me cativou. Eu era um prisioneiro da sua atenção e do jeito como olhava para mim e fazia com que me sentisse mais importante que os outros meninos. Eu lhe pertencia e ela o sabia e isto me incomodava. Em casa, sentia que era da minha mãe e, na escola, eu era de Cleo. A gente sabe quando pertence a alguém! Eu, sabia. Mas me protegia, evitando-a. E pendurava medalhas de triunfo imaginárias no peito, na entrada e saída das aulas, nos intervalos para o lanche, cada vez que topava com ela e conseguia me esquivar a tempo, sem dar margem para que se dirigisse a mim. Era um inimigo do qual eu tinha que me desviar, esgueirando-me pelas paredes, em silêncio, num esforço por vezes descomunal – como faziam alguns homens nos filmes de velho oeste, a arma em punho. Bom, eu não tinha arma e nem queria matar, apenas queria sair ileso de um possível confronto. E Cleo, muitas vezes, quando falava comigo, eu me pegava olhando para os próprios pés. Era um jeito de não ser definitivamente capturado por aquela garota generosa e que havia me escolhido, ao me acolher bem – e, eu sabia, eu também havia escolhido Cleo para entrar na minha vida, de certo modo.

E lá estava ela, como que esperando por mim, sentada num dos bancos da praça, agarrada, de lado, a uma boneca de pano grande de cabelos cor de milho espetados e olhos arregalados, os braços abertos retos e duros, como um espantalho de milharal. Cleo balançava as pernas com o ar de quem não está fazendo nada, a não ser estar lá, naquele banco, àquela hora de comecinho de noite, aconchegando a boneca e brincando com os pés. Metida ainda em seu uniforme azul-escuro, a saia de pregas e mostrando as meias três-quartos brancas dentro dos sapatinhos pretos de fivela. Não era linda, mas vê-la mexia comigo e, como dizia o avô: *o amor exige beleza, ainda que essa beleza não venha do senso comum.* E eu, já naquela época, entendia perfeitamente o que o Quim queria dizer. Não, Cleo não era bela, mas para mim era a menina mais bonita do mundo. Assim como minha mãe era a mulher mais linda do mundo (apesar de não ser perfeita).

(Ninguém era).

E, claro, foi ela, Cleo, quem dirigiu primeiro a palavra a mim, como sempre fazia. Colocou a boneca no colo, apertando-a contra si, trouxe um pouco o corpo para a frente, esticando o pescoço e sorriu, abertamente:

"Tomás!"

Quase um grito de surpresa. Não deu tempo de desviar a vista e eu disse, mais secamente do que gostaria: *oi.* Reparei que a boneca estava usando batom de verdade – ou seria uma tinta vermelha aquela coisa borrada e feia, que a deixava com um bocão levemente agressivo? Grotesco? A boneca parecia gritar, xingar – não deixava de ser engraçado, notei, reprimindo o riso.

"Oi, senta aqui comigo. Estou esperando meu pai."

Sentei ao seu lado, mas não muito próximo. Ela me olhou, voltando a cabeça e sempre sorrindo. Cheguei um pouco mais perto, apoiando o corpo no banco, solavancando um pouco o tronco para cima com as mãos, de uma maneira meio desajeitada. *Onde está seu pai?* Perguntei, sem encará-la e apertando sob os dedos a tabuinha do assento. E ela: *não sei, encontrou um amigo, saiu falando com ele e pediu que esperasse aqui. Sabe como é... negócios. Meu pai só fala de negócios! E você, está aqui a essa hora sozinho, por quê? Sabia que tá todo suado, Tomás? Não tem medo de ficar doente?*

Dei de ombros e achei melhor ficar calado. Ela emendou, rindo um pouco: *você parece que veio correndo. Ah, certamente, veio!* Respondi: *é*. E encarei os olhos castanhos dela. Eram os olhos mais vivos e meigos que eu já havia visto na vida. Era possível mesmo a gente se apaixonar naquela idade – eu me perguntaria, momentos mais tarde, antes de dormir, fitando o teto do quarto na semi-escuridão e revendo os olhos de Cleo, cobertos por aveludados longos adoráveis irresistíveis maravilhosos cílios. Uma idade em que a gente era grande demais para chorar por bobagens e criança demais para largar os brinquedos, as brincadeiras com os meninos e querer namorar. Como não tinha amigos mais chegados, restava-me Cleo, que eu não queria só como amiga. Nas minhas recentes fantasias andávamos de mãos dadas e eu dizia a ela – caminhando por uma alameda que podia ser a do parque Trianon em São Paulo – que, se casássemos e tivéssemos filhos e um dia eu abandonasse a casa, eu a avisaria antes, mesmo sabendo que já não me amava e tinha arrumado outro.

Cleo pouco sabia do meu passado, digo, as partes ruins e eu não me abria, mesmo. Gostava era de escrever em folhas soltas o que me afligia e muitas das linhas, depois aproveitava-as nas composições para o colégio. Como os garotos se mostraram desconfiados para comigo, novato na escola, não consegui fazer amigos – isto é, os chamados amigos do peito. E eles não eram muito de conversar. Quando dava o sinal para o recreio, gostavam de empurrar uns aos outros, dar pontapés, beliscões e cantar – fazendo referência a um comercial que era bastante visto na tevê: *pise sem dó, é cera Dominó.* E lá vinha pisão no pé, o que deixava o começo das meias sujas, bem embaixo perto do sapato e depois lá vinha bronca, em casa, na escola. E quem ligava? Essas bronquinhas, a gente não ligava para elas. Coisa pouca. Mas muito garoto aparecia de orelha vermelha. A mãe jamais batera ou puxara as orelhas. Eu tinha um colega que vivia esfregando a mão no traseiro. Apanhava demais do pai, dizia. Mas ninguém tinha dó dele. Era mesmo uma peste, vivia de mal com todos e tirava notas baixas. Pior que ele em notas, só o Pelé. Usava um cabelo espetado para cima, num topete, com gomalina, como o de certos roqueiros. Alguns professores o olhavam com piedade: *o que vai ser de você, José?* A gente chamava ele de Zé. Ele não trazia o lanche e vinha fuçar nas nossas lancheiras. O Pelé, ao menos, não importunava os outros, resignado com a própria miséria. Eu levava pãozinho com azeitona, muçarela e tomates, a baguete dividida em duas. Gostava mesmo era do pão com manteiga e açúcar, o que muita gente achava esquisito. Mas eu gostava. Era o meu lanche preferido. E, na garrafinha de plástico, ia um suco de laranja que ficava meio morno, mas eu tomava. A mãe dizia que tinha vitamina C. Importante. Ao menos na minha lancheira, o Zé nunca tinha mexido. Ai dele! Eu pensava, e nessas horas eu já me via de valente partindo para cima dele. Ser pobre, como o Pelé, vá lá, mas ser ladrão! Eu não podia admitir. E nessas horas me vinham as palavras e os ensinamentos da mãe, do avô e de Hortênsia.

Havia encarado os olhos castanhos de Cleo, ali no banco, próxima a mim. Foi com o olhar enamorado das minhas fantasias que me dirigi a ela, sem que fosse preciso criar coragem para tal. Eu, às vezes, me surpreendia comigo mesmo!

"É, o quê? Veio correndo, por quê? Estava apostando corrida com você mesmo, Tomás?"

E riu – um riso cristalino, puro, curtinho. Hesitei, depois ri também e fizemos um coro de risadas fraquinhas e bobas. Mas ao menos pude sentir uma certa cumplicidade. Ela voltou a balançar as pernas, apertando a boneca de bocão vermelho e olhando para a frente e vi que os joelhos estavam levemente encardidos. Fixei por alguns segundos o olhar nas manchas que pareciam fuligem. E à mente veio a figura de Hortênsia, agachada, colocando lenha no fogareiro de seu quartinho e depois mostrando as mãos espalmadas: *olha que beleza!* Havia exclamado. Mas eu não havia visto beleza ali, no negrume – nem em seus grossos e redondos joelhos que apareciam sob a saia (estava sempre cobrindo-os ou descobrindo-os, dependendo dos movimentos). E, no entanto, a mesma cor e textura nos joelhos de Cleo deixavam-me quase paralisado de tanto êxtase.

Os meus pés, estes estavam bem pregados no chão, já que era mais alto que minha amiga e, portanto, possuía as pernas já bem compridas. Olhei para a ponta dos sapatos. Depois voltei a vista para os joelhos de Cleo, como que para me certificar de que as manchinhas continuavam ali. Elas davam um ar de menino levado àquela garota de ar bondoso – e gostei disso, do contraste. Cleo apertou a boneca, falou alguma coisa inaudível em seu ouvido e voltou a estreitá-la contra o peito.

Hora de voltar a encarar os sapatos. Não, era hora de ir para casa e me levantei, apertando as mãos no banco e dando um impulso para a frente com o corpo – e Cleo riu, pensando que estava brincando. E, veio-me: o que pensaria o avô, ao não me encontrar nas imediações do hotel –, e Hortênsia? Eu a conhecia bem, iria se esganar de gritar pelo meu nome, iria bater na porta nos vizinhos mais próximos, iria incomodar o seu Nonô e a irmã já meio velhinha deste. Ao final desses pensamentos, lembrei-me, como que num arrependimento tardio, que estava proibido de sair das redondezas, sem antes avisar.

"Tenho que ir para casa, agora. A mãe pode voltar e perceber que saí."

"Ah, então saiu escondido? Por quê?"

A tentação de contar tudo à Cleo era forte, quem sabe assim não nos tornaríamos mais próximos? Mas, contive-me e fiz um gesto ao acaso, erguendo o cotovelo e abanando a mão:

"Ah, um dia eu conto. Tchau!"

Ela fez um começo de beicinho: *promete?* E, sem esperar resposta e colocando a boneca de lado – Deus, pensei, como conseguiu deixar a coitada da boneca tão feia, ela, que o era por si só? –, fez menção de se levantar.

"Fica mais, Tomás!"

Estanquei o passo, hesitei, cocei o topo da cabeça, mas lembrando-me de Hortênsia enlouquecida pela vizinhança, voltei atrás:

"Não posso. Não posso mesmo!"

E me afastei, sem olhar direito para ela, que se erguia do banco. Para quê? Já levava sempre comigo aquela carinha na memória – aliás, dedicava demais os pensamentos a ela e não havia ainda me dado nenhuma medalha, por isto. De longe, ainda a escutei gritar: *tchau! Tenha uma boa noite, Tomás!*

O outro

Eu não havia premeditado nada, mas parece que havia conseguido tirar a paz do meu avô. Muito vermelho, ele me mostrava a mão direita como quem ameaça com uma palmada, agitando os dedos que pareciam pequenas asas de pássaros brancos enfileiradas, enquanto eu via sua boca rósea já meio mole por causa da idade se movimentar em frases intermináveis, em imprecações, deixando entrever os dentes curtos e amarelos. Eu não tinha consciência. Eu era levado. Eu havia saído sem avisar e estava cansado de saber que isto não se faz. Eu dava desgostos a ele, o avô, e à minha mãe. E também à Hortênsia – que choramingava e resmungava pedaços embaralhados de preces na cozinha. Eu não tinha coração. Eu era irresponsável e estava na hora de crescer e amadurecer. O avô ali próximo à mesa da sala e eu ao pé da escada, as faces esfogueadas, louco para subir e me fechar no quarto e esperar pelo retorno da mãe. E, claro, colocar em ordem as ideias do que havia ouvido lá para as bandas da Jacutinga.

Escutei tudo de olhos baixos e, num intervalo em que o avô tomava fôlego, disse *desculpe, vô!* e corri escada acima, esfregando os dedos, que arderam um pouco, no corrimão de madeira, o qual cheirava fortemente a sândalo. Esticado na cama e olhando fixamente para o lustre que pendia do teto, veio-me que minha mãe não mais voltaria para casa, como um dia fez meu pai. Ergui a cabeça e procurei algum possível bilhete sob o travesseiro, sobre a cômoda, a cadeira e o espaldar, com o uniforme do colégio que eu sempre pendurava ali, mas nada achei. Voltei a me jogar na cama e, os braços cruzados sobre o peito, a fixar o olhar no lustre, do qual pendiam vidrilhos, numa franja multicolorida de finos tubinhos, em que o vermelho, o azul e o amarelo predominavam. Eu gostava de passar a mão ali e ouvi-los tilintar. Minutos depois, ouvi a música alegre da voz de minha mãe, lá da sala:

"Pai? Cheguei! Cheguei, pai! Tomás? Hortênsia? Ó de casa!"

Dei um salto da cama e desandei escada abaixo. Dei-lhe um abraço apertado e ela pôs-se a rir, como se eu estivesse brincando. Mas eu estava desesperado. Contive as lágrimas. Quis olhar em seu rosto e reconhecê-lo. Mas não me atrevi a tocá-lo. Era como olhar e querer acariciar os joelhos de Cleo; como um território onde houvesse a placa: proibido. E minha mãe me apertou forte contra o seu corpo macio e depois, suavemente, rodopiou comigo; sorriu e sorri de volta. Era bom saber que o sorriso era para mim, todo meu. Logo veio o avô e começaram a falar sobre o jantar, num tom grave e ela já esquecida de mim. O avô trocou alguns olhares cúmplices comigo, de um jeito levemente terno e entendi que estávamos de bem, novamente. Entendi que não diria nada à mãe. Peguei-me puxando o ar e respirando aliviado, o que me deixou com a região do peito mais aberta, quente. Senti a mornidão da gratidão pelo avô ali, bem no coração. Então achei que algumas músicas faziam sentido quando se referiam ao órgão ao falarem de sentimento. Sim, definitivamente, aquilo fazia sentido – falar do coração como um ninho morno que acalenta filhotes de pássaros. Eu havia escrito isto numa redação e a professora havia colocado uma interrogação em vermelho, ao lado, à margem. Mas eu sabia que fazia sentido. Como pode um aluno ser mais sábio que o professor? Acontece. Pensei. Eis algo para dividir com o avô em nossa prosa, algum dia, na varanda, à noite – refleti.

Nunca a sopa de verduras me parecera tão saborosa. Hortênsia preparava-a de uma maneira grosseira, rasgando as folhas com as mãos e jogando-as na panela. Aquilo, quando vi pela primeira vez, aquele mato todo, me deu repulsa. Mas como a mãe me obrigou a tomá-la e o gosto estava bom, acostumei-me à ela – as folhas e talos ficavam molinhos e escorriam um pouco com o caldo, sobre os lábios, querendo pular fora da boca – o que me obrigava a não descansar a mão e sim empurrar para dentro todo aquele verde novamente com a colher. Mas naquele dia ela me parecia especial e eu a saboreava sofregamente, os olhos presos no caldo escuro fumegante. E era bom picar o pão e vê-lo boiar ali, até se desfazer, como alminha penada.

A mãe estava silenciosa, pensativa. O avô, distraído – naquele seu jeito pacífico de sempre. Amassava minuciosamente os miolinhos de pão e revolvia os legumes na boca por um tempo demorado demais. Fazia também um barulho estranho demais ao chupar a sopa da colher – mas a mãe, como boa filha, nunca o havia repreendido por isto. No entanto, eu não achava aquilo nada educado. Com a pousada deserta, sem hóspede algum, não havia conversas sobre o tempo, a cidade, compras e os possíveis passeios dos turistas, que gostavam de ir visitar o mosteiro por causa da sua história. Algumas pessoas, aliás, só apareciam para pernoitar no hotel justamente por causa da grande atração do lugar, que era o mosteiro. Voltavam de lá trazendo pequenas lembranças, como potes de mel, compotas de frutas e bolos, pães caseiros – que os monges vendiam numa pequena salinha em anexo à grande varanda da entrada principal. Ali podia-se encontrar também livros, alguns minúsculos que até cabiam na palma da mão, assim como santinhos, fitas-cassete com música sacra, calendários, correntes de pescoço, chaveiros e demais miudezas. Eu havia entrado um dia ali, com minha mãe, que havia olhado para tudo aquilo com indiferença e saído sem deixar um único tostão. Mas o avô comprara um pote de mel para a sua garganta, que inflamava no frio. *São as amídalas*, dizia a mãe. *Não sei como Tomás não sofre do mesmo mal... dizem que só dá em pessoas muito sensíveis, mas não sei se é verdade.* Amidalite só dá em gente sensível? Bem, eis aí uma questão sobre a qual jamais obtive resposta.

Como não obtive resposta sobre tantas outras, aliás. Por exemplo: *onde está meu pai? Onde mora? Casou-se, novamente? Tenho mais irmãos? Ele vai voltar? Ele diz que vai voltar? Mandou notícias? Ele nunca mais vai mandar notícias?*

E, vendo que a mãe terminara a refeição, arrisquei: *mãe, onde a senhora vai toda sexta-feira?* E ela, sem pestanejar: *ah, eu já disse uma vez, acho que não prestou atenção: vou ver amigas, mulheres da minha idade e conversamos sobre assunto de mulheres... nada que* interesse *a você e a seu avô.* Resolvi insistir: *conversam sobre o quê? Dê um exemplo.* E ela, sem se impacientar e servindo-se de água da jarra sobre a mesa: *tricô, fofoca de revista, receitas culinárias, moda, essas coisas... Já disse, Tomás, nada que interesse aos homens, somente às mulheres.*

"Vocês falam também em voltar para São Paulo?"

"Voltar para São Paulo? De onde tirou isto?"

"Digo, de passar uns dias em São Paulo?"

A mãe pousou o copo devagar sobre a mesa e apertou os olhos, encarando-me, como quem diz: *seu malandro, sabidinho...* E eu emendei, brincando com a colher dentro da sopa e tentando fazer um ar ingênuo: *é que vivo dizendo que gostaria de voltar para São Paulo, que tenho saudades da minha rua... da escola... da minha bicicleta...* E procurei fazer um ar evasivo, sem olhá-la diretamente. Ela fez uma pausa e disse, complacente, num jeito meio cantado e choroso: *mas sabe que voltar para São Paulo está fora de questão, Tomás.* E depois, muito séria: *termine a sopa, vamos, já está me deixando nervosa com essa embromação; vai esfriar.*

De volta ao silêncio e ao ruído das colheradas – só entrecortadas por um ou outro pigarro ou engasgamento de meu avô. Este parecia alheio à conversa, sempre amassando os miolos de pão e separando as casquinhas. Depois jogava tudo aos poucos dentro do prato e ainda os mexia para lá e para cá, como se quisesse que derretessem, antes de entornar o caldo. Eu estava frustrado; minhas perguntas e comentários haviam resultado em fracasso total. Tomei o resto da sopa com má vontade, mexendo-me na cadeira, dando pequenos chutes no ar, na perna lateral da mesa, irado. Ainda ouvi alguns *fique quieto, Tomás*, antes de me levantar e subir para o quarto, num rápido e baixo boa-noite, que saiu amuado. Ainda ouvi as recomendações de sempre, como não esquecer de escovar os dentes, não ler com pouca luz, não brincar no chão de pijama e não esquecer a luz acesa do quarto antes de dormir; e, sempre, recolher os brinquedos do chão antes de deitar – porque uma vez o avô quase quebrara a perna ao entrar no quarto, na semi-escuridão, quando tropeçou numa fileira de carrinhos.

Não podíamos facilitar com a saúde, dizia a mãe, porque médicos, naquelas paragens, era difícil de achar e quando os havia, cobravam o olho da cara. Hospital, só na parte abastada da cidade, em Avermelhados, com maior número de habitantes – com infraestrutura. Esta era outra palavra preferida do meu avô; se os hóspedes pediam algo diferente, ele dizia, lamentando-se e tentando se explicar: *sabe como é, o lugar aqui carece de infraestrutura...* E gostavam de lembrar de um tal de Tonho, um motorista de caminhão que havia morrido de apendicite aguda, por falta de médico. E, quando às vezes me vinha uma dor do lado direito, eu pedia, assustado, apertando ali e olhando para o céu: *Deus, que não seja o apêndice!* Mas na maioria das vezes era só pum ou dor do lado besta, mesmo.

Naquela noite, a mãe foi até o quarto dar boa-noite, beijando-me a face quando eu estava já quase adormecido. Havia acendido o abajur ao lado da cama e sentado ao meu lado, com cuidado. Passou a mão sobre a minha testa, fazendo subir a franja para o topo da cabeça e manteve os dedos ali. Assim que abri as pálpebras, ficou me fitando diretamente nos olhos, como que para retirar deles alguma verdade. Depois passeou o olhar pela parede, onde havia ali uma foto minha tirada no colégio em São Paulo, atrás de uma mesa escolar, todo comportado, ereto e sorridente, a camisa branca e gravatinha escura, o cabelo com Gumex, a caneta tinteiro na mão direita, em punho, e bem atrás, grande, à parede, a bandeira do Brasil. Perguntou, de súbito: *onde foi hoje no final da tarde, depois que saí, Tomás?* Respondi, falando mole: *encontrar Cleo, na praça.* E como ela parecesse esperar algo mais, acrescentei: *você sabe, a Cleo, filha da dona Nicota – sua amiga...* E ela, um tanto impaciente:

"Sei, sei. Onde mais? Veja bem, Tomás, diga-me a verdade, sabe que não gosto que minta para mim. Confio em você, sabe disso, não? Além de ir à praça, onde foi mais?"

Mãe, eu quis dizer, *você é tão linda, por que o pai te tratava tão mal?* Mas aguardei alguns segundos passarem e apenas disse, virando-me de lado e para a parede, francamente chateado com a conversa: *lugar nenhum, mais.* E voltando a fitá-la: *o avô Quim comentou?* Ela fez que sim com a cabeça: *não o culpe; ficou preocupado, e com razão... não se sai, assim, sem avisar, cansei de dizer e repetir.* E deu um longo suspiro de alívio, como que encerrando a conversa. Ajeitou as cobertas junto ao meu pescoço e baixou a voz, num sopro morno: do*rme, agora, meu bonitinho. Bons sonhos, querido.*

No meio da noite, acordei, a garganta seca e desci para beber água e, ao passar pelo primeiro andar, ouvi a mãe vomitando, no banheiro. Havia um choro fraco no meio daquele ruído, que era interrompido por *ó Deus, ó Deus...* – justo vindo dela, da mãe, que jamais invocava o nome de Deus. Apareci à porta, mas não ousei entrar: *mãe, tá passando mal?* Ela acenou, sem se voltar, como se quisesse me afastar dali e disse, inclinada para o vaso: *não é nada, Tomás, volte para a cama, não é nada.* Estava de roupão e chinelos e apertava um pouco a barriga com a mão que tentara me expulsar. *Mas, mãe...* – insisti – *quer que chame o vô, para dar algum remédio?* E ela, sem me encarar e já endireitando o corpo e esfregando os olhos, creio que para limpar as lágrimas: *não, não... volte para a cama.* E ficou lá, fitando o produto de seu vômito, enquanto dei meia-volta e desci para a cozinha. Fui um pouco ruidoso, para ver se o avô acordava, mas não iria acordar, acostumado com minhas idas ali, em época de tempo quente. Pensei em imitar Peludo, para ver se o Quim se resolvia a levantar e jogar algum sapato no pobre, mas após algumas tentativas fracas e grosseiras da imitação de miados, achei-me patético e fiquei ali, parado, encostado à pia, sem coragem para agir. No casarão, tudo era silêncio. A mãe devia ter voltado ao quarto. *Algo que comeu e fez mal* – pensei. Abri a torneira do filtro e enchi o copo com água pela metade. Se tomasse um inteiro, teria que me levantar novamente – ponderei. E o sono me pesava a cabeça e o episódio com a mãe já se dispersava em meio a outros pensamentos; espiei pela janela o breu sobre as hortas no quintal e sabia que, lá no fundo, Hortênsia ressonava. O corpo pesado, mais pesado ainda por causa do cansaço do dia de labuta incessante, devia se esparramar e se posicionar rigidamente naquele pequeno espaço que era a sua cama. Dormiria Peludo aos seus pés? Não, seguramente não, ele que zanzava a noite inteira e por vezes nos acordava com sua cantoria distorcida, no cio, fazendo estalar as telhas na correria, perseguindo a fêmea.

Vi meu reflexo no vitrô, os cabelos arrepiados. Os cabelos que me valiam os mais diversos apelidos: cabelo de milho; palha de milho; cabelo de fio de cobre; ruivinho como o diabo; cabelo de diabo; cenourinha. Eu gostava apenas da maneira pela qual a mãe carinhosamente me chamava: *meu ruivinho.* Ah, sim, ela o dizia de um jeito tão especial, que eu chegava a esquecer que odiava a cor do meu cabelo. Ela insistia: *você tem que se sentir especial, nessa diferença.* Sei, era fácil dizer, quando não se é motivo de chacota na escola, na rua. Os cabelos do meu pai e do pai do meu pai, o avô que não conheci. Conheci por fotos, ele num uniforme verde de abacate bem maduro – aliás, a foto toda era verde –, lutando na guerra. Não sabia qual guerra. Ainda não tinha estudado aquilo, na escola. E, se me disseram, um dia, esqueci.

Apuro os ouvidos. Não ouço ruído algum vindo do primeiro andar. Bebo, sentindo ainda a garganta seca, outro copo de água pela metade e volto em silêncio para o quarto. Mal me aconchego entre as cobertas e ouço um chamado, uma voz masculina meio sussurrada e é o nome da mãe que alguém pronuncia, de maneira abafada – mas alto o suficiente fazendo com que todos pudessem ouvir. O avô havia se levantado e começado a gritar, lá embaixo: *quem é? Mas, quem é?* A mãe desce os degraus e acalma o avô; eu estou à porta do quarto e posso ouvi-los. Depois é só silêncio e desço até a sala, pé ante pé. Sigo o som das vozes, lá fora e ouço bem que a mãe conversa com um homem no *hall* de entrada. Fico em pé ali na sala, o ouvido colado à porta. A mãe pronuncia um nome: *Alceu*. E ouço-a ainda dizer que havia passado mal, mas que estava bem e que logo tudo aquilo terminaria. Que não se preocupasse. O tal Alceu tenta acalmá-la. Quero ver o rosto do homem que havia tomado o lugar do pai e abro a porta, num repente. Dou de cara com uma figura alta, de cabelos de um loiro meio queimado e ombros largos. O terno cinza, a camisa clara e chapéu de abas largas também cinza, na mão. A gravata – notei, estava de lado e meio amarfanhada. A mãe volta-se para me olhar e ele retira a mão de sobre seu ombro. Ela tem o ar sofrido e diz, de modo desanimado, lamuriento:

"Tomás, querido, o que faz aqui? Volte para o quarto, estou falando com um hóspede. Volte para o quarto, vamos."

Hóspede, o Alceu? Fico fitando o homem e estou com raiva por a mãe mentir daquele jeito para mim. Desde quando fala com os hóspedes metida em seu roupão, permitindo-lhes colocar a mão no ombro? E, ainda, com olhares de ternura e um quê de possessividade, ali? O homem fita-me com ar levemente bondoso e um tanto espantado, mas eu já o tenho como inimigo. Dirijo a ele meu pior olhar. Faço com a boca um muxoxo de desprezo. Um muxoxo arreganhado, bem dado. Olho a mãe e finco mais ainda os pés no chão, colocando peso, ali. Ela se aproxima e passa de leve a mão sob meu queixo: *volte para o seu quarto, sim, Tomás? No café da manhã, conversamos.* O homem fala, elevando o tom por sobre o de minha mãe e percorrendo a aba do chapéu com os dedos lépidos: *desculpe, mas acho que tem que ser mais firme. O rapazinho deve voltar para o quarto – hein, meu rapaz? – e nós terminarmos a nossa conversa, pois tenho ainda que ir até a rodoviária de Avermelhados e o táxi está esperando.* A mãe tem o olhar sonado, triste e diz, concordando e colocando a mão na testa como se estivesse um tanto confusa: *sim, é verdade.* Empurra-me de volta para a sala e, um tanto seca:

"Volte para o quarto, eu disse. Obedeça-me, Tomás. Conversaremos os dois quando você acordar, está bem?"

"Já estou acordado. É este o homem que está no lugar do meu pai?"

A mãe abre um pouco a boca, estupefata, em seguida pega-me com firmeza pelos ombros: *não seja impertinente, Tomás ou terá que se haver comigo e com o Quim assim que amanhecer! Vamos, já para a cama e não me faça perder a paciência e esbofeteá-lo na frente de um desconhecido*!

Desconhecido? Mas não para você, não é? Eu quis exclamar, indignado – mas nada disse e afastei-me, dando-lhes as costas de maneira hostil, elevando os ombros. Atravessei rapidamente a sala, sentindo sob os pés as tábuas largas como se fossem se soltar do assoalho com os estampidos surdos de meus passos e subi correndo a escada de volta ao quarto. Sentei-me à beira da cama, o queixo sobre a mão, pensativo. E revoltei-me: que coragem, a do homem, vir até aqui, até o hotel, até àquela que era a nossa casa! E quase provocar uma discórdia entre nós – a mãe ameaçando-me com tapa! Justo ela, sempre contra a violência, a do mundo, recentemente a dos militares no Brasil, a de meu pai em seu destemperamento. A mãe, uma desconhecida, para mim. Primeiro, aquela conversa de ir para São Paulo e há pouco, o tal Alceu. O intruso. Joguei-me para trás e deitei de través na cama. Não queria apagar a luz, deitar, dormir. Queria pensar, refletir, tomar alguma providência. Mas eu ainda não era nem um adolescente, propriamente dito, nem um jovem, quanto mais um homem. Que poderia fazer, eu, então, que havia sido mandado para a cama sem nenhuma consideração, sem nenhuma explicação, como quando o fazem com as crianças? Roí todas as unhas dos dez dedos com tais pensamentos. E, lentamente, o sono me invadiu. Apaguei a luz, enfiei-me sob as cobertas e acabei por adormecer, a promessa ainda em meus ouvidos: *no café da manhã, conversamos.*

E, no café da manhã, conversamos – o avô e Hortênsia também presentes, esta em pé ao meu lado, as mãos cruzadas, de dedos com pintas escuras, enrugados, sob a barriga saliente. Disse a mãe que iria naquela tarde para São Paulo. Por pouco tempo. Que um amigo seu, *o qual Tomás conheceu* – e olhou-me significativamente –, trouxera notícias sobre algo importante a ser feito na capital paulista, relativo a documentos pessoais, que deveriam ser providenciados. Virou-se para mim:

"Sabe que seu pai e eu não estamos mais juntos; e isto muda tudo de figura perante a lei. Tenho, portanto, que resolver umas pendências..."

Perguntei-me de que lei falava, já que o pai sumira e ninguém mais ouvira falar dele; não eram, portanto, legalmente separados. Mas os pensamentos vieram confusos e não soube formular em voz alta pergunta alguma. A mãe desfilava os argumentos com segurança e razoabilidade. Nem parecia a mulher pálida e um tanto fragilizada da madrugada anterior. O avô a escutava distraída e pacientemente, descascando uma laranja e parecia concordar com tudo o que dizia. Não parecia surpreso, mantinha apenas o cenho levemente franzido. Parecia mais concentrado em descascar corretamente a laranja, sem deixar partir a casca, que já se abria em espiral. Toda a atenção do avô estava ali, na destreza de suas mãos sobre a faca e a fruta. Somente Hortênsia, vez ou outra, apertava os dedos e remexia o avental entre as mãos. E ouvia a tudo com extrema aplicação. Eu era o único amuado, por vezes enfezado e que tinha vontade de bufar e dizer coisas, e mesmo espernear. Sentia-me enganado. Mas nada fiz, além de fazer beiço, me mexer um pouco na cadeira, a cabeça baixa e rabiscar com a ponta da unha a toalha de plástico sobre a mesa. O que podia eu contra as palavras da mãe? Nada. Senti-me impotente e fiquei com vontade de ser logo adulto. Como um dia havia desejado o escritor russo Górki, segundo os relatos da mãe. Sim, se a vida era impiedosa para com os adultos, podia mesmo ser até mais para conosco, meninos indefesos, sem direito à voz. Ao menos adultos podiam dar curso aos pensamentos de maneira articulada e serem ouvidos – e nós, os filhos, o que era de nós, naquela idade estranha em que não se é ainda nem criança e nem tampouco jovem?

Só cabia a mim dar leves chutes no ar e na perna da mesa, compassados, o que irritava a mãe, e fazer alguns muxoxos de reprovação. E, ao terminar seu discurso, fez as recomendações necessárias e emendou: *e você, Tomás, alegre-se: vou trazer muitos livros de histórias para lermos ao anoitecer e também o jogo de palavras cruzadas da Estrela que tanto quer. Não é bom?* Eu não queria me mostrar satisfeito e sorrir, mas ela colocou a palma da mão sob meu queixo e fez-me encará-la; havia ternura em seu olhar e eu, então, a contragosto, dei um meio sorriso. Mas um sorriso triste; queria que soubesse que estava triste, contrariado. Porque eu sabia que estava mentindo, que já havia tomado a decisão, antes do aparecimento do tal Alceu, de ir para São Paulo. E que tudo aquilo era um segredo, um complô ou algo de que eu não fazia parte. Sentia-me, portanto, excluído e aquilo doía. Mais que a promessa, na madrugada, de um possível bofetão na frente do tal desconhecido. Mas, enfim, aquela era a mãe. Ela dizia e eu concordava, obedecia. E era deixar a vida seguir seu curso para saber o que viria a seguir, então. Fui para a escola pensando no jogo de palavras cruzadas que ganharia de presente e tal pensamento encheu-me de energia, de entusiasmo – a ponto de, apressando o passo, querer chegar rapidamente ao meu destino – e disse para mim mesmo que, dane-se, dane-se a vida íntima de minha mãe, ela e seus problemas e o tal Alceu. Eu queria o jogo e os livros de histórias que me prometera. Teria, assim, um motivo para convidar Cleo para vir até o quarto e conhecer meus brinquedos, os discos, os livros e tê-la alguns fins de tarde em minha companhia.

Esqueci a mãe, o avô, os olhos arregalados de Hortênsia e apeguei-me à imagem da minha meiga amiga Cleo e, assim, pus-me a correr rumo à escola. Estava alegre e só não assobiei, no caminho, porque a mãe vivia dizendo que era falta de educação, pois interrompia o pensamento de outras pessoas e só quem assobiava tinha o direito de se expressar no ambiente. Assobiar, segundo a mãe, era um ato egoísta. Perguntei-me, então: mesmo sem ter ninguém por perto, como ali, naquele morro onde só as formigas, as taturanas e as minhocas davam as caras?

No meio do caminho, dei de cara com a dona Carmela. Diziam que era meio doidinha e acho que era mesmo. Vivia de bobes – aqueles tubinhos de plástico por onde as mulheres enrolam mechas de cabelos –, sem colocar pano na cabeça, como o faziam os outros seres do sexo feminino. A mãe achava tão feio! Andava molambenta, arrastando uns chinelos de dedo, vendendo verduras e legumes da horta e todos achavam estranho, pois – diziam – era pessoa de posses. Mas se você fosse à casa dela à noitinha, diziam ainda, ela abriria a porta e apareceria com um penteado armado de laquê, as unhas feitas, roupa de sair – toda perfumada e de salto alto.

Um mistério, a dona Carmela! Mas gostava de mim, dizia que eu estava bonito, crescido, fazia uma festinha no meu queixo, sorrindo abertamente e pedia para aparecer na casa dela. Mas eu não ia. Fazer o quê, lá? Os maliciosos diziam que gostava era dos garotinhos. Como eu. E que dava a eles licores, bombons e punha-os para conversar na sala de entrada, numa poltrona. Eu achava aquilo constrangedor. O que eu teria para conversar com ela, uma velha de seus quarenta anos? (Sim, naquela época, mulheres com mais de trinta já eram consideradas... *passadas*!) De qualquer modo, deixava para lá e fazia o que a mãe recomendava: *nunca passe um dito adiante, se não tiver certeza de que é verdade.* Mas, depois que ouvi aquilo, toda vez que via a dona Carmela, ficava encabulado; cumprimentava rapidamente – como mandava a educação –, sem encará-la e, sebo nas canelas!

No intervalo das aulas, apesar de todo o excitamento, creio que devido ao tempo em que permaneci desperto na madrugada, estava sonado – quase cambaleando, mesmo, de tanto sono. Dormi debruçado sobre a carteira, sem querer ir para o pátio. Mas o fiz às escondidas, porque não era permitido ao aluno permanecer na sala de aula durante o recreio. Saí com os colegas para o corredor e, assim que a professora e o último aluno se foram, dando-me as costas, caminhei para trás, como havia visto num filme e retornei sobre os passos. Voltei para a carteira, comi o lanche que era pão com salame e queijo prato, embrulhado em papel pardo, tomei o suco e, pousando a cabeça entre os braços, deixei-me embalar pelo sono. E sonhei que homens, com chapéus de caubói e armados como nos tempos do faroeste, bebiam e jogavam baralho à mesa, num *saloon* e de repente, entra pela porta principal o xerife e, sacando do revólver, disse, as pernas muito abertas: *quem aqui é comunista? Quem aqui é socialista?* Timidamente alguns levantaram a mão. Nisso, ele desprendeu os dedos que seguravam a ponta do colete e, levando-os até o coldre, sacou da arma e disparou. Como um John Wayne de pontaria boa, acertou em cheio um deles. No chão, o corpo do desconhecido – chamado Alceu e que era, além de comunista, amante de minha mãe – jazia. Morto. *Morto para todo o sempre*, disse o xerife, assoprando o revólver e levando a cabeça para trás, gargalhando. O seu pomo-de-adão saltou, como um caroço querendo sair da fruta. E voltei a colocar a arma no coldre, pois era eu o xerife.

Acordo, suado, com a algazarra dos colegas. Cleo está próxima a mim e tem o ar assustado, mas os garotos riem de botar a mão na barriga e apontar o dedo. Cleo diz, enrolando uma mecha de cabelo perto da orelha e encarando-me: *sonhou que brigava?* Não respondi, envergonhado e para minha sorte, a professora entrou pedindo silêncio e fomos todos obrigados a ficar bem quietos nas nossas carteiras. Mas alguns ainda seguravam o riso, debochando, apertando a boca e apontando para mim com risinhos abafados. Senti as bochechas arderem, de vergonha e raiva e, bem no íntimo, uma satisfação pelo cadáver estendido ali e visualizei-o no solo do *hall* de entrada do hotel. Morto. *Mortinho da silva*, como se diz nas redondezas.

Cuspi o chiclete fora, na grama curta do jardim em frente ao hotel, assim que me deparei com o avô espichado na rede da varanda, fumando e entretido com o caderninho de palavras cruzadas. Foi com tristeza que vi a pequena massa cor-de-rosa, que me deixara em toda a boca ainda um gostinho de framboesa, grudar-se nas graminhas verdes e rasas do espaço florido que era o xodó da mãe. Mas o avô era assim, dizia que a gente não era mula pra ficar mascando – nem bode. Dizia que chiclete acabava com os dentes e o estômago e eu ouvia e fazia sim com a cabeça, mas no dia seguinte arrumava as moedas para comprá-lo no recreio. Como ouvir os conselhos do Quim, ele que tinha os dentes amarelos como quê, por causa do cigarro? Já o argumento da mãe era que chiclete era mais uma coisa ruim dos norte-americanos e que um dia o mundo estaria tão americanizado, que já não lembraríamos mais como era boa a vida sem a má influência deles. O *American way of life*. Não sei. Eu gostava de mascar chicletes (e de filmes de caubói) e de passar o tempo fazendo bolas que estouravam sem que a gente desse por conta. Competíamos, entre os meninos, e também quem grudaria um naco no cabelo das meninas ou na cadeira dos professores. Eu só entrava no primeiro desafio, o de fazer as bolas maiores; tinha uma índole que não me permitia colocar chiclete nos lindos cabelos com fitas das meninas ou na cadeira dos professores, que eram autoridades. Também não gostava de estilingues e nem de mexer com os gatos, jogar pedras nos cachorros ou nos mendigos – como a maioria dos meninos fazia. A mãe dizia que eram um bando de moleques largados no mundo e que eu deveria ter pena deles. Sem eira nem beira. Mas eu tinha era raiva. Ai se um deles ousasse mexer com o Peludo!

A mãe gostava de apontar para a elegância do gato caminhando, o jeito calmo dormindo, relaxado e esquecido do mundo; a gracinha que era quando comia e lambia as patas ou tomava o banho diário, passando a língua toda pelo corpinho, num ritual interminável, várias vezes ao dia. A mãe sorria com o Peludo e me fazia sorrir e prestar atenção nele, também e de como os bichos eram interessantes. O que faziam no mundo? Ninguém sabia, era uma incógnita. As flores, diziam, existiam para alegrar nossos olhos. Mas, e os bichos? Bem, comiam-se vacas, bodes, galinhas. Porco. Peixe. A tal da proteína animal. Mas, e o resto? Se bem que o avô havia dito que na guerra comia-se até cavalo. Eu, hein! Eu achava que os bichos tinham vindo ao mundo para nos ensinar como é bom vagabundear – não havia a expressão *lagartear*? –, comer, dormir, ser contra o banho e só. E não ter que pagar contas, nem ir ao colégio ou ter sarampo, catapora, dor de garganta. Eis a lição dos bichos: aproveite o melhor da vida! Era nisso que eu pensava quando via o Peludo dormindo estatelado, de barriga para cima, com as quatro patas dirigidas ao teto, deixando a quem quisesse ver *as partes*, indiferente às proibições, aos pudores do mundo. E como dormia! O gato tinha vindo ao mundo para dormir, eu gostava de dizer à Hortênsia, que só ria e olhava para o seu querido Peludo com certa ternura. Digo *certa* porque Hortênsia não era muito de ternuras, como a mãe. Mas como esta insistia que ela não era de fato abrutalhada, eu tentava, quase sempre, ver algo bom em seu sorriso, mas ele não era puro e aberto como o da mãe e mesmo como às vezes era o do avô. Mas a vida de Hortênsia tinha sido muito pior que a deles, pensei. Pois não conseguia imaginar alguém da idade dela, morando sozinha, comendo sozinha, falando sozinha – sem parentes, amigos, filhos, nada. Fora o Peludo, claro, que ela tratava que nem filho, também passando um bocado de tempo vendo-o ressonar. Só pelo prazer de contemplar uma outra criatura viver, respirar, se espreguiçar – como eu o fazia.

Eu não me achava um menino muito normal, mas gostava de fingir que era. Não me achava muito normal, por que não via outros meninos passarem horas observando os caramujos nas poças d'água, como eu fazia, ou as formigas, em filas, carregando folhas e pedaços de outros insetos para dentro de suas casas; nem mesmo terem paciência com as lesmas, lerdas como elas só. Mas quando os meninos riam sobre jogar sal nas coitadas, eu ria junto. Mas era incapaz para maldades e isso não me deixava muito confortável. Ao menos podia sonhar e matar, de mentira, o amante de minha mãe. Já era alguma coisa. Uma maldadezinha. Mas não queria ser como o pai, *um egoísta*, segundo a mãe, que não havia pensado na família e caído no mundo. Não, eu não era e nem seria como o pai.

Varanda

Um dia eu iria também cair no mundo, voltar para São Paulo e passear lá no Trianon, em meio a todas aquelas árvores altas e escuras. Andar de bonde e ver muitos filmes no cinema. E comer a salsicha no pão, com purê de batata e molho de tomate que vendiam lá no centro, perto do Teatro Municipal. Mas ainda não sabia quando isso iria acontecer, mas certamente o avô estaria tão velho que não se importaria de não ter mais com quem jogar paciência, ou damas e já teria me contado todas as suas histórias e eu apenas sentiria falta da flauta que ele gostava de tocar à noitinha, muitas vezes, na varanda do hotel, quando não havia hóspedes. Claro que sentiria falta da sopa de legumes de Hortênsia e dos beijos de boa-noite da minha mãe e do lanche caprichado para o colégio. Mas não ia mais precisar de lanche e sim de um chapéu. E um terno cinza. E capa de chuva, e ainda um guarda-chuva preto, pois chove muito em São Paulo. E um cachecol, por causa do frio. Da garoa. E, se caísse mesmo no mundo, um dia, do que eu ia sentir mais falta seria das tardes de fim de semana, ao menos uma vez ao mês, quando o avô reunia um pessoal da vizinhança na varanda (e hóspedes, se os havia) e a mãe trazia bolinhos de carne fritos, bem apimentados, feitos por ela e pedacinhos de linguiça dentro de pãezinhos quentes, queijo e azeitonas, espetados em palitos que Hortênsia ajeitava em bandejinhas. Todo mundo ficava ao redor da mesinha, nas espreguiçadeiras, na rede ou mesmo agachado ali na escada que dava para a varanda e era música a tarde toda. Um trazia o violão, o avô pegava na flauta, alguém trazia um pandeiro. Mesmo sem instrumento todo mundo batucava onde desse, mesmo em caixa de fósforo e cantava junto e, além do chorinho, do samba e das marchinhas que aconteciam ali, conversava-se também de futebol, luta de boxe, faroeste e sobre artistas de cinema.

Os homens desfilavam os nomes das atrizes preferidas. Lillian Gish, Louise Brooks, Bette Davis, Greta Garbo, Marlene Dietrich, Elizabeth Taylor, Brigitte Bardot, Claudia Cardinale, Marilyn Monroe. Estes eram os nomes mais cotados. E havia, ainda, as preferências pelas atrizes brasileiras. O seu Álvaro havia visto uma peça em São Paulo com a Cacilda Becker e disse que a mulher era *divina*. Alguns questionaram a ida dele ao teatro, na capital – *mas, quando?* Se todos os dias estava na praça jogando o dominó, a tômbola, reclamando dos calos, da mulher, da carestia? *Ela é loira, ruiva ou morena? Pegou autógrafo? Diz aí!* O falatório e o riso corriam soltos. O seu Nonô havia ficado famoso em Avermelhados por ter levado na sessão de *Intolerance*, de Griffith, com intervalo, uma baguete enorme, imensa, com mortadela e queijo fatiado, que quando ele desembrulhou e começou a comer, empesteou a sala de cinema – diziam, gargalhando. O seu Nonô, quando contavam tal história, apenas punha os olhos pra cima, suspirando: *belíssimo filme, belíssimo filme*. E depois, soltando o riso: *mas que me deu fome, deu!* E emendava a mão no peito: *um homem prevenido vale por dois, ora!* Mas o que sempre fazia questão de dizer é que jamais haveria um filme como *Aurora*, de um tal Murnau. Todos diziam que ele devia ter lido aquilo em algum lugar, porque em Avermelhados nunca havia entrado em cartaz. Ele às vezes fazia um muxoxo, de lado: *bando de ignorantes! Nem sabem quem foi Griffith, Eisenstein! Que monumento, Eisenstein!* E, por causa do seu apreço pelo cineasta russo, o velho Quim dizia que o seu Nonô também devia ser comunista. Mas, à mais leve insinuação, este dizia: *bom político foi o Getúlio! O pai dos pobres!* Alguém gritava, jocoso: *populista!* Ao que ele retrucava: *popular, é diferente*. E a grande maioria defendia o Jusselino. Era JK para cá, JK para lá. A construção de Brasília. A belíssima e moderna arquitetura. Niemeyer. E falavam também dos *candangos*. Eu achava engraçada aquela denominação, dada aos operários que construíram Brasília, vindos de longe para se instalar no Cerrado.

O viúvo Nonô, o amigo predileto do Quim, envelhecia. E estava, também, ficando famoso no lugar por dormir nas sessões de cinema. E, quando isso acontecia, assim que acabava o filme e as luzes se acendiam, vinham bater em seu ombro, só para provocá-lo: *e aí, Nonô, gostou da fita?* E ele: *assim, assim...* Fazia um trejeito com a mão, evasivo. E completava: *preciso rever! Preciso rever! Para dar uma opinião, é preciso que se veja um filme ao menos duas vezes! É o que fazem os críticos, sabia?* O pessoal contava isso às escondidas, para não magoá-lo e caíam na risada. *Nunca saiu de Avermelhados, mas conhece todas as artimanhas dos críticos!* Caçoavam, mas de um jeito respeitoso, sem malícia. O avô só balançava a cabeça, sorrindo, mas não opinava. Não ia mais ao cinema, a vista andava fraca e, pior ainda, também as pernas que, segundo ele, *não obedeciam* frente às longas distâncias.

O avô contava histórias de São Paulo, deixando a maioria – muito mais jovem – sem fala e, muita vezes, boquiaberta. E jogava-se um baralho – nada a dinheiro, o avô era contra. Jogar, só por diversão, dizia, sentencioso. E havia o dominó – esse eu achava monótono e achava que era jogo para velhos. Mas participava com gosto das cantorias que, por vezes, varavam a madrugada – só que eu era mandado mais cedo para a cama. E ia – contrariado e resmungando, claro. Às vezes apenas uma lamparina ficava acesa, pendurada num prego do mourão na varanda e eles ficavam lá, jogando conversa fora, como dizia o avô. As mulheres não apareciam, a não ser raramente para cantar, a pedido de alguém, uma ou outra música que os homens não lembravam mais. Nisso a mãe era boa. E afinada. Os velhos brincavam com Hortênsia e diziam para ela trazer o Peludo, de tira-gosto. Hortênsia só ria, sem mostrar os dentes, balançava a cabeça e não dizia nada. A piada era a mesma, sempre e logo ela se retirava, pois um dia dissera-me, mostrando as palmas das mãos corroídas por toda a química que usava, que ela *bem sabia o seu lugar*. Não perguntei que lugar era aquele. No dia seguinte, domingo, num daqueles dias de verão, era permitido levantar tarde da cama. O dia se arrastava de um jeito estranho, sem hora para nada – se não havia hóspedes –, sem horário de refeição demarcado. Beliscava-se o dia todo, ouvia-se rádio e jogava-se um pouco de baralho, mas na segunda-feira, como dizia o avô, era pegar no pesado de novo. Desses fins de semana, sim, iria sentir falta. Daqueles momentos em que, quando o Quim tocava flauta ou elevava a voz, mesmo num timbre rouco e gasto de velho, todos pareciam como que encantados por algum feito mágico; o silêncio reverente, como se as pessoas comungassem num mesmo sentimento – de respeito, enlevadas.

Sentiria também falta da *conversa de macho* – como brincava o avô, e se alguém chegasse ali iria pensar que o hotel era um daqueles *saloons* (como o do meu sonho), uma algazarra só, todos arrotando de valentes, sabichões, contando proezas e, às vezes, evocando um passado cujas histórias pareciam meio nebulosas para mim. Sei que antes da vitrola havia um negócio chamado gramofone e que antes do carro e do bonde, eram charretes puxadas por cavalos, como na roça. Só que as charretes já eram uma espécie de carro, fechadas – dizia o avô. E tinha também um tal de fordeco. Falavam sempre em fordecos e em lambretas. Em São Paulo, estas estavam rareando; todo mundo queria era um bom carro fechado, por causa da chuva e do frio, dizia o avô – nem que fosse um fusca ou a Romi-Iseta, este um carro pequeno, onde cabiam somente duas pessoas e que parecia a cabeça de um besouro. O avô dizia que aquilo nem merecia ser chamado de carro. Mas eu ficava quieto, porque achava que talvez fosse melhor que nada, que era o que tínhamos enquanto transporte: nada, carro nenhum; charrete, fordeco, jipe, bicicleta, nada. E do que gostava ninguém falava muito, que era das motocicletas. Dizia para mim que, quando crescesse, ia querer ter uma motocicleta em vez de carro, para sentir o tempo todo o vento no rosto, como tinha visto em filmes e na tevê – no *Vigilante Rodoviário*, por exemplo. Isso, lá em São Paulo.

São Paulo. A mãe fez as malas sem muita pressa, daquele seu jeito – a calma em pessoa, diria Hortênsia. O avô iria com ela até Avermelhados, de ônibus, onde havia rodoviária. Supliquei incontáveis vezes que me deixasse ir com ela, mas a mãe mal respondeu aos apelos, distraída, separando a roupa e a perfumaria. Fazia, bem baixo, *hum, hã*... e responder, propriamente, não respondia. Fiquei em volta da cama, tagarelando, mexendo nas coisas dentro da mala, mas não me deu atenção, o cenho franzido e passando toda hora as mãos nos cabelos para afastar a franja larga da testa. Até o último momento – quando segurou entre os dedos a frasqueira e suspirou fundo, dando a entender que estava pronta para partir – pedi que me levasse consigo, mas de nada adiantou. Quando me beijou, à porta, disse, os olhos meio baços, como se estivesse muito cansada para me enxergar: *volto logo; comporte-se; obedeça à Hortênsia e ao avô. Faça direitinho o dever de casa. Vou trazer livros e o jogo de palavras cruzadas. Não demoro*. E senti a palma áspera de Hortênsia na minha, enquanto o avô colocava um xale em volta dos ombros da mãe e acenava para mim, num grunhido que imaginei ser um tchau. Quis chorar como se a mãe e o avô estivessem partindo para sempre, mas fiquei firme porque Hortênsia disse, a voz sussurrada, com o jeito que fazia quando queria me convencer de alguma coisa:

"Sua mãe volta logo. O velho Quim volta já-já. E nós, enquanto isso, vamos na cozinha fazer um bolo de Nescau."

E sorriu para mim, procurando meu olhar. Sorri também, mas grudei os olhos nos dois que saíam. Como que um dia eu pensara em cair no mundo? Como viver sem eles? Impossível, disse-me. E uma dorzinha se instalou, ardida, desconfortável, na região do peito. Mas Hortênsia não deixou que os pensamentos se alongassem e já me empurrava em direção à sala, com promessas de bolo quentinho e chocolate frio batido no liquidificador. Com um pouquinho de rum, pois o tempo esfriara. Para mim, eram promessas do céu, com todos os anjinhos bochechudos e rosados cantando em coro. E assim fomos, sorrindo de um jeito rasgado, um para o outro, até a cozinha e pude sentir, bem próximo a ela, o odor de seu sovaco, que cheirava a maracujá. Hortênsia olhou-me bem, encostando a barriga na pia e disse: *não se esqueça, em meio à tempestade, sempre vem a marolinha.* No que eu peguei a fala e comecei a cantar, jogando as pernas para os lados: *em meio à tempestade/ sempre vem a marolinha! Em meio à tempestade/ sempre vem a marolinha*! Em ritmo de samba, batucando dois dedos na palma da mão. Hortênsia ria.

Retorno

Pronto, disse a mãe, erguendo a vista para o avô. Tinha olheiras profundas e se afundou na poltrona. Fingi que me interessava pelo novo jogo de palavras cruzadas, o tabuleiro e as letrinhas de madeira sobre a mesa da sala, mas estava era com os ouvidos aplicados à conversa. Estavam frente a frente e o avô havia colocado de lado, impaciente, o jornal que acho fingia ler. Antes, um silêncio que me pareceu interminável. Pesado. Depois, iniciaram um diálogo pleno de reticências, monossílabos, evasivas. Eu quase prendia a respiração; *não estou aqui*, quis dizer. Mas, apesar de um tanto irrequietos, eles sabiam que estava ali e que queria brincar com o novo brinquedo – apesar de este necessitar de um outro para realizar propriamente um jogo, quando haveria um ganhador. Fiz um pouco de barulho com as letras ao embaralhar as pedrinhas diretamente no tampo da mesa. *Estou aqui, mas entretido com o jogo*, quis dizer. O avô só grunhiu. Mas, sabendo ser aquilo insuficiente, complementou: *vamos ver, agora...* E como que se esquecendo de mim, limpou antes a garganta e disse:

"Não sou contra. Sabe como sou, filha. Estamos na vida para labutar, a vida é dura. Mas esta não teria nenhum sentido sem o amor. Nenhum mesmo. Sabe, portanto, que jamais fui contra. E, um sentimento forte como este, minha filha, o amor verdadeiro, é coisa rara nessa vida. Não estou falando de paixão, veja bem. Mas se algo se conserva há tanto tempo, então é amor, mesmo. Certamente."

A mãe não respondeu e vi que se endireitou na cadeira, as mãos nervosas se remexendo sobre o colo, recoberto pelo avental que usara o dia todo. Embora não tivesse feito trabalho pesado. Como no dia em que chegara de viagem (havia ido de ônibus, mas voltado de carro com a amiga de São Paulo, nossa antiga vizinha, a dona Joana, que havia partido no dia seguinte logo pela manhã) e ficara o dia todo na cama. Disse, então, Hortênsia: *a viagem foi cansativa, sua mãe precisa descansar.* E logo trouxe remédios e ouvi a mãe choramingar um pouco, ali no escuro do quarto. Fiquei indo e vindo no corredor, passando em frente à porta. Mas tinha ordens de não entrar, a mãe precisava repousar, dormir. Ela não havia ainda me dado o jogo e eu ansiava por ele. Ah, pensava comigo, nessas horas o pai não faz falta! Pois se havia uma coisa que o pai não suportava era doença. Nem a dele, nem a alheia. Ficava, como dizia a mãe, destemperado; atarantado, se visse a mãe naquele estado – eu tinha essa certeza –, ele ficaria falando em médicos incompetentes, em remédios ineficazes, em morte trágica e ficaria chateado porque ninguém ainda lhe preparara o jantar.

E então, ali na sala, após a janta, o avô disse, completando o seu raciocínio: *você, filha, devia agradecer aos céus por esta benção. O amor é como uma pérola rara, nesta vida. Na verdade, o amor é um privilégio para poucos!*

Eu só acho que não merecia passar pelo o que passei, disse imediatamente a mãe e parecia que queria ter dito isso há mais tempo, pois as palavras vieram, com rancor, aos borbotões.

Cedo, ou tarde, a vida nos passa a perna, disse sentenciosamente, mas com jeito, o avô. *Levamos um tombo do qual achamos que não vamos nos recuperar nunca mais, mas a vida gosta de brincar com a gente e acabamos deixando para trás todo o mal que nos fez e, assim, recomeçamos do zero... ou, quase do zero. Porque fica a dor da experiência e o que seria da vida sem essa dor,* mon Dieu, *sem as experiências e, ainda, a coragem para recomeçar? É a sina de todo homem.*

"Experiência? Não aprendi nada de gratificante com este... com isto..."

Nessa hora, senti que a mãe olhava em minha direção, mas me fingi de distraído e coloquei sobre o tabuleiro algumas pecinhas de madeira com letras inúteis, ao lado de outras igualmente inúteis. E vi, de relance, que a mãe pousara a mão no ventre. Ela fez uma curta massagem, ali. *E depois, pai, que certeza posso ter de que um dia o Alceu também não vai me abandonar?*

O avô deu um risinho meio rouco, levemente debochado: *certeza? E quem, na vida, tem certeza de algo, filha? A vida é feita de surpresas, de incertezas, de boas e más coisas. Se eu fosse resumir, seria isto. E, pior, há as tragédias. E, ainda assim, é preciso que a gente mergulhe nela, na vida, de cabeça e que levante o pescoço, a cabeça, o nariz para respirar. É isto o que a vida nos pede, todo o tempo. Que sejamos corajosos. Que lutemos intensamente pela vida, que é breve, muito breve.*

Ficaram em silêncio, porque parecia que com tais frases o avô havia, de fato, resumido tudo o que a mãe parecia estar precisando ouvir. E o avô, depois: *há desgraças, eu diria, leves e há as que nos derrubam de maneira mais violenta. Claro que saber dar a volta por cima depende um pouco de como estamos, de como encaramos os tombos. Mas o fato é que elas, as tragédias, acontecem a todo ser humano. A todos. Cedo, ou tarde. Não é privilégio, por assim dizer, de ninguém.*

E, nesse ponto, estraguei tudo, porque disse, entusiasmado, mexendo-me na cadeira e voltando-me para eles: *vô Quim, as coisas boas vêm de Deus e as ruins, vêm do Diabo – é ele quem nos passa a perna, não é?* O avô deu um tapa na coxa, que soou seco: *está aí escutando a conversa dos adultos, moleque? Vá já para o quarto, está na hora de dormir!* Fiz beiço e reclamei: *ah! Nããão... agora não! É cedo, ainda!*

“Não é cedo. Suba. E pare com isso de colocar Deus, à toa, no meio da conversa!”

E a mãe, suavemente: *deixe que ele procure entender a origem do bem e do mal, pai. Se ele quer ver assim... Mas eu diria, meu filho, que a vida é feita do que é bom e do que é mau e é por isto que temos juízo, senso; para poder separar um do outro e tentar viver o melhor possível. No caminho do bem.*

“O mal sempre vence o bem?”

“Claro que não! E todas as histórias que li para você? O bem sempre não vencia o mal, no final?”

“É, nos livros... E a morte, é um mal?”

“A morte é uma etapa da vida, filho. Nascemos, crescemos, envelhecemos e morremos. Não necessariamente nessa ordem... pois nem todos morrem velhinhos, como sabe.”

"Sei; e é quando o mal vence o bem, me parece. Ou pode-se pular etapas, nessa espécie de jogo de Deus?"

O avô ficou muito vermelho e levantou-se num repente, a voz levemente zangada: *já para a cama e deixe de falar bobagem. Vamos... jogo de Deus...* E tirou-me da cadeira, remexendo no jogo, dobrando o tabuleiro de papelão e ele próprio guardando tudo na caixa, apressando-me: *vamos, vamos...* A mãe levantou-se também e se acercou de mim: *nada sabemos sobre a morte, meu filho. É um dos grandes mistérios da vida. Eu já o disse a você quando menorzinho e quando começou a se interessar mais pela questão, ao passarmos pelo cemitério da Consolação, em São Paulo, lembra-se? Então. Não se sabe por que uns morrem crianças, jovens, adultos ou, outros, velhinhos. Talvez seja mesmo um jogo misterioso da vida, você não está errado em pensar assim. Mas não creio que a morte seja algo ruim ou fim de alguma coisa, entende? Pode ser apenas a continuação. E, no mais, a alma é imortal e é o que conta. Temos que, portanto, cuidar bem do espírito.*

E, nesse momento, a mãe colocou novamente as mãos sobre o ventre e as lágrimas tentaram escapar de seus olhos, que se congestionaram. Encarei-a, um tanto assustado, ali em pé bem próximo a ela, enquanto o avô, mais encurvado que o normal, tentava me empurrar em direção à escada, repetindo, com a caixa do jogo embaixo do braço: *vamos, vamos! Oh* Mon Dieu, *que menino teimoso.*

Fingi que subi. Fiquei lá, no topo da escada, em frente ao quarto, no quadrado de tacos de madeira, tentando ouvir mais alguma coisa. A mãe choramingava: *quem sou eu, agora, para falar do espírito, de sua nobreza? Justo eu que deixei que uma vida se fosse*!

E o avô, ponderando: *ora, filha, não se lamente, sabe que foi o melhor a fazer. O lugar seguro, higiênico. Recomendado. Ainda se a quisesse, mas rejeitando-a daquele modo, sendo de Armando – como iria amá-la? E do jeito que anda o hotel, tudo tão mal das pernas, e o lucro dos salgados, da costura, tão pouco – como criar mais um ser com dignidade? Temo a Deus, mas tenho senso do real – como bom europeu que passou por duas grandes guerras. Sabe bem, filha, que vai ter sempre o meu apoio.*

Fiquei confuso. Falavam em uma criança e citavam o nome de meu pai. Tentei entender e fiquei matutando, já na cama, por um bom tempo. Porque em seguida eles baixaram a voz e não consegui captar mais nada. Tentei montar o quebra-cabeças, mas não consegui. Procuraria Hortênsia. Estava decidido.

No dia seguinte, Hortênsia, próxima às hortas, abriu uma boca do tamanho de duas bolas de pingue-pongue. Segurou-me pelos ombros, sem fala e depois disse coisas ininteligíveis, como *ar, er, hã, como...?* E me deu um passa-fora, alegando que tinha duzentas coisas para fazer e estava ali, a me dar ouvidos. Abaixou-se e arrancou com vontade um maço de pé de alface e a terra voou para os lados. Depois, como que se arrependendo e vendo-me caminhar lentamente e cabisbaixo, chamou-me e apontou o dedo o olhar afiado: *não me vá sair por aí espalhando o que me disse.* Usei de chantagem: *se não me der a resposta, vou querer saber de alguma outra pessoa.* Ela se impacientou sobre os dois pés, bufou um pouco e, acercando-se de mim, repetiu, quase enfiando o dedo no meu nariz: *prometa-me que não vai sair por aí espalhando o que me disse! Isso é assunto de adultos! Não devia ter bisbilhotado!* Dei de ombros: *não tinha como não escutar. E agora quero saber! Tenho o direito, sou filho do meu pai!* Bati o pé, furioso, sentindo o sangue ferver nas veias. Ela tapou a boca: *oh meu Deus, você está cheio das respostas, dos quereres, agora! Vá brincar e não me amole, que tenho mais o que fazer! E vá tirar o uniforme ou vai sujar!*

Eu devia saber. Aquela era Hortênsia, a que jamais se metia nos assuntos dos outros – a não ser à boca pequena, pelos cantos. Tive saudades dos nossos antigos vizinhos de São Paulo, que segundo a mãe, eram bisbilhoteiros e tinham a língua solta. Mas ali, o hotel era praticamente isolado – e estávamos numa época em que não havia hóspede algum e, apenas lá embaixo, no centro e na praça, as pessoas se reuniam para falarem umas sobre a vida das outras. E, sobre a mãe, pouco se falava e quando o faziam, eram coisas boas, normais – *mulher trabalhadeira, corajosa, boa mãe, boa filha*. Talvez não soubessem ainda do tal Alceu. Mas, naquela tarde, nas cavocações em minha memória, comecei a me lembrar nitidamente dele. Havia mesmo sido hóspede do hotel, numa época em que nem morávamos ali e sim num tempo de férias. Há alguns anos atrás. Eu então me lembrava dele – só podia ser, eu me disse, enquanto remexia, de cócoras, ainda ali no quintal, com um pauzinho, a lama que ficara próxima à porta da cozinha, depois da manhã de chuva. Era isto mesmo. Eu me lembrava, então, dele, com certa nitidez. Dera-me balas, um dia; dirigia, às vezes, a palavra a mim, na varanda. Pouco. Sobre o tempo, essas coisas. Olhando ao longe, sem me encarar. E conversava mais ainda com a mãe. Não sei se com o avô. Nunca vi. Nem com o pai. Naquela época, este não vinha conosco para as montanhas, estava sempre a trabalho – dizia a mãe. Mas todo mundo sabia que o pai não era muito afeito ao trabalho. De qualquer modo, eu acreditava.

Havia sido ali, sim, eu então lembrava, e sabia, onde e quando a mãe havia conhecido o Alceu. No entanto, ela e o avô haviam mencionado uma criança (a ser criada com dignidade) e era uma criança rejeitada e que também pertencia – se havia entendido bem – a meu pai. Eu juntava as peças. Morte. Espírito. Rejeição. A mãe deixou que uma vida se fosse. Teria ido embora um irmão, ou irmã, com o pai? E que irmão ou irmã eram aqueles, que desconhecia? Revirei com raiva a lama do buraco no cimento e deixei que a água suja espirrasse na camisa branca escolar. Olhei-me e levantei: iria levar bronca por aquilo, seguramente. E corri para dentro, subindo esbaforido as escadas até o quarto, para trocar de roupa. Topei com a mãe arrumando a estante, ajeitando a coleção de Monteiro Lobato sobre a escrivaninha. Sorriu, viu minha cara de culpa e desceu o olhar até a camisa. Fez um leve ar de contrariedade e sentou-se na cama, suspirando e fazendo um gesto em minha direção: *vem cá, vamos trocar isto. Caiu, na escola*? Balbuciei algo ininteligível, enquanto ela mesma desabotoava a camisa. *Não... aconteceu aqui no quintal de casa.* Consegui finalmente dizer. E ela, com certo desânimo e ar de cansaço: *ah!* E ficamos em silêncio, enquanto me ajudava a despir e me dava uma nova muda de roupas. Fiquei encarando-a: a mãe tinha o olhar triste. Sempre tivera uns olhos meio caídos, melancólicos, como disse certa vez o avô; mas estavam naquele momento muito tristes mesmo e ainda não haviam se livrado das olheiras escuras. Quis correr a palma da mão sobre suas faces, mais encovadas que de costume, mas contive-me. Não era muito espontâneo quanto a afetos. Ao menos, não tanto quanto gostaria de ser, como a mãe. E, no dia seguinte, ao me lembrar de tal momento, me arrependeria imensamente de não ter realizado o gesto. Em tempo.

Agonia

A mãe se contorcia de dor, queixando-se de cólicas. Mandaram-me para fora do quarto e chamaram o médico de Avermelhados. A mãe agonizava, diziam as vizinhas, que haviam acorrido e que também eram enxotadas do quarto, sem piedade, pelo avô, zangado, ranzinza – parecendo o pai em época de doença na casa. Eu queria espiar a mãe, queria ouvir os comentários, mas Hortênsia me manteve na cozinha enquanto fazia uma coisa ou outra, rezando baixo. O avô havia dito para obedecê-la, mas estava difícil, porque eu mal acreditava, a mãe sempre tivera saúde e era a primeira a saber recomendar, a quem quer que fosse, um chazinho de ervas, de frutas ou um remédio. O avô também não se conformava e, pela palidez, e ainda as orações fervorosas de Hortênsia, intuí que era coisa grave. De minha parte, não conseguia me concentrar na reza – os pensamentos iam tortos para outros, diferentes, enviesados, profanos, superficiais, incongruentes, banais. Desfocados. Desisti, com culpa, o sentimento de fracasso. Não, eu não devia ser um bom cristão, como gostariam, provavelmente, a mãe e o avô.

No começo da noite, clara por causa da lua cheia, o médico se foi, cabisbaixo, como que seguido por uma sombra sinistra, empunhando a maleta negra. Um silêncio pesado invadiu o hotel. À mesa da sala, dona Nicota, mãe de Cleo, começou a puxar a reza no terço, seguida por Hortênsia e as mulheres que eram freguesas da mãe ou vizinhas próximas. O avô não saíra do quarto e eu continuava impedido de entrar. Sentei-me no primeiro degrau da escada, segurando um velho pião de madeira, que eu tentava rodar na palma da mão e fiquei vendo as mulheres rezarem, espiando para cima, de tempos em tempos, para o andar em que ficava o quarto da mãe. Haviam trazido flores e comes e diversos aromas impregnavam o ambiente. Comecei a me chatear e a me sentir esfomeado, mas não quis puxar ao meu pai e ser um egoísta, como diria a mãe, se me visse falando em comida numa hora daquelas. A um dado momento, Hortênsia se retirou e voltou da cozinha trazendo limonada e fatias pequenas de pão com queijo derretido em cima. Deixou as bandejas sobre a mesa e fui o primeiro a avançar sobre elas. O estômago já roncava. A mãe de Cleo, muito fina, pegou o naco de pão com as pontas dos dedos e sorriu melancolicamente para mim. Perguntei, mastigando, contrariando as normas da boa educação:

"Cleo não pôde vir?"

Ela primeiro engoliu o naco que estava na boca, como que me dando exemplo e depois disse, esfregando primeiramente os lábios um no outro e retirando dali o resto de batom:

"Não. Mas certamente gostaria de estar aqui. Quer ir dormir lá em casa?"

Pensei na mãe e respondi prontamente:

"Não posso. Tenho que cuidar da minha mãe."

E ela fez um evasivo:

"Ah..."

Fiquei sem entender se me dava razão, ou não. E vi Hortênsia separar num pratinho duas fatias de pão, um copo de limonada e colocar tudo numa bandejinha; subiu, pedindo-me com autoridade que ficasse onde estava. Resmunguei, socando com o punho fechado a coxa: *quero ver a mãe!* Ao que retrucou: *está descansando, vai incomodar. Isto é para o seu avô. Fique quietinho aí, que já volto. Converse com as visitas.* Eu não tinha vontade de conversar com ninguém. *Converse com as visitas...* Eu não queria conversa! Aliás, todo mundo ali parecia faminto e querer abrir a boca somente para comer. Eu queria era ver a mãe e não desperdiçar palavras. Cruzei os braços sobre o peito, em sinal de protesto, enquanto a dona Nicota tentava me aninhar contra si, mas me soltei dela e voltei a sentar no degrau, sem esconder a chateação. A dona Nicota foi até a cozinha e trouxe os comes que as visitas haviam trazido em bandejas e fôrmas: pedaços de torta com sardinha, bolo de milho, bolo de mel, rosquinhas. As pessoas se aproximaram da mesa, ávidas. Fiz menção de deixar o degrau, hipnotizado pelas iguarias. Dona Nicota voltou para a cozinha e logo um cheiro de café, passado na hora, invadiu o recinto. Momentos depois, eu já estava de pança cheia e ela apareceu, tremelicando as xícaras na bandeja. E foi quando vi entrar o Alceu. Ergui-me, de um salto e ele, a cabeça levemente baixa, o jeito grave, cumprimentou a todos com o chapéu, sem olhar diretamente para ninguém e, dizendo boa-noite, passou por mim e fez um afago na minha cabeça. Subiu os degraus de dois em dois, lépido. Fui atrás, mas Hortênsia, que saía do quarto, me segurou pelo braço e só deu passagem para o Alceu. Pela porta entreaberta, ouvi a mãe gemer, mas assim que o homem entrou, ela se calou e ouvi quando o avô o cumprimentou, com certo entusiasmo. O amante de minha mãe. Eu me enraiveci e, feito bicho, mordi a mão de Hortênsia, descendo em seguida a escada destrambelhadamente, passando pelas pessoas e saindo para a varanda – um tanto às escuras, àquela hora. Joguei-me na rede e comecei a me balançar vigorosamente, ainda irritado.

Não sei quanto tempo fiquei ali, na semi-escuridão, balançando-me, ouvindo as mulheres que haviam voltado a rezar. A lua, bem rechonchuda, deixava um rastro que despontava além da cerca de madeirinha, baixa, do nosso jardim. Fiquei mirando-a, um tanto extasiado pela sua grandeza, altivez, cercada de estrelas – que nessa noite eram muitas. Uma luz fraca, vinda do *hall* do hotel, iluminou a entrada da varanda e vi surgir o avô, Hortênsia e a dona Nicota, mãe de Cleo. Todos os três de olhos e narizes vermelhos. Hortênsia fungava. O avô se aproximou da rede, que já não balançava mais; creio que eu adormecera. Ele fez com que me sentasse e, por sua vez, acomodou-se ao meu lado. Abraçou-me, de lado, aconchegando meu ombro ao seu. E, nesse instante, adivinhei tudo. A mãe não suportara as dores, a doença. A mãe se fora – ela, tão frágil, mas forte, à sua maneira. E eu não teria mais nem pai, nem mãe. Apenas, o avô – pensei –, que conversava mansamente comigo, mas eu não o ouvia – e Hortênsia, ali em pé, ainda fungando, as mãos sempre cruzadas sob a barriga, a cabeça encostada no peito, o ar compungido. Dona Nicota disse, baixo: *ele pode passar a noite lá em casa, por hoje.* E, momentos depois, eu estava no quarto da mãe, vendo-a como que a dormir, rígida na cama, coberta por um lençol, apenas o rosto, magérrimo e bastante pálido, de fora. O buço, mais escuro que de costume. O lugar rescendia a sangue e lembrou-me o cheiro pútrido do açougue onde comprávamos a carne, na praça. O avô disse, tão baixo que mal escutei:

"Pode sentar ao lado dela, se quiser. E diga o seu adeus, filho. Como lhe disse, ela vai partir, vai nos deixar, mas um dia vamos encontrá-la novamente, está bem? Você sabe o lugar; no céu, que é certamente para onde ela merece ir."

Hesitei em sentar ali, ao lado da mãe morta. Era minha mãe, mas, de certo modo, horrorizou-me vê-la naquele estado, sem vida, palidíssima, os cabelos ressequidos espalhados sobre o travesseiro (finalmente o coque desfeito), as auréolas escuras em volta dos olhos, a boca meio apertada como se estivesse descontente e fosse me passar um sermão. Eu me constrangia. Não chorava. Estava como que decepcionado. A mãe havia morrido e eu não estivera lá para presenciar o fato. A passagem para a outra etapa da vida. Falar com ela por último, ouvir as últimas palavras. Era como se a mãe houvesse me traído. E, todos que haviam me afastado o tempo todo do quarto, eram seus cúmplices. Notei, ainda, que estava sem os pequenos brincos de pérolas que não tirava para nada, nem para dormir, nem para o banho.

Fiquei ali em pé, os olhos fixos no rosto da mãe, que parecia ressonar e que, a qualquer momento, iria dizer: *vocês podem sair e me deixar em paz que quero dormir?* O avô colocou a mão em meu ombro: *Tomás, precisa dizer adeus à sua mãe, agora. Vamos... coragem, filho.* E o que fiz foi me desvencilhar daquela mão e sair apressadamente dali, subindo o lance de escada que ia dar no antigo sótão, onde ficava meu quarto. Sobre a cama, e bem no meio desta, estava Peludo, olhando estaticamente para a parede, para o nada, como sempre fazia. Eu o enxotei, com raiva, gritando: *fora daqui!* E, agarrado ao travesseiro, chorei feito bebê, ensopando toda a fronha. E me lembrei do Alceu. Onde andaria o Alceu? E me lembrei do pai: saberia ele que a mãe havia nos deixado e, para sempre? Ele, agora, se arrependeria do que havia feito? Tarde demais, pensei, limpando as lágrimas, enquanto ouvia um burburinho no andar inferior. As mulheres choravam copiosamente. E lembrei da mãe ali, junto a mim, retirando a camisa branca suja de lama e a vontade que tive, então, de acariciar-lhe o rosto. E eu não o fizera. Assim como também não dissera o adeus junto ao seu leito, como pedira o avô. Como dizia, às vezes, Hortênsia, eu não tinha mesmo jeito.

No dia seguinte, o avô me consolou, na casa de Cleo, quando foi me buscar para o enterro: *não faz mal. Vocês se despediram em silêncio, que é também uma forma de despedida. Não precisa ser com palavras. Ela sabe. Ela te ama muito e sabe.* Fiz que sim, aliviado, com a cabeça e suspirei fundo. O avô passou a mão em minha testa: *está abatido. Comeu? Dormiu?* Fiz que sim e dona Nicota, ali na sala, ao nosso lado, confirmou, meneando a cabeça. Cleo estava próxima e olhei para ela, envergonhado. Agora ela sabia que eu não havia tido coragem de me despedir da mãe, em seu leito de morte. Eu raspava os bicos dos sapatos, um no outro, inclinando a cabeça para o lado do avô, que me acariciava sob o queixo. Ele também estava mais branco do que de costume – ele que era tão branco, como leite, como dizia a mãe. Eu sentia a aspereza dos botões do casaco do avô e estava louco para ir-me dali. Havia sido bem recebido, gostava da companhia de Cleo e de sua mãe, que havia sido professora de canto orfeônico na cidade vizinha e possuía, portanto, um lindo piano, marronzinho, na sala de entrada – que me tentou, mas não consegui tocar nada. Queria ir embora, queria ir para casa e, se pudesse, nem no enterro iria. Para quê? Eu me perguntava. Se o espírito já está no céu, como o avô sempre falava de quem morria.

Mas não tive escolha. Passamos em casa, para que trocasse de roupa e coloquei uma escura, separada por Hortênsia (e era estranho vê-la ali, em meu quarto, a remexer no armário e na cômoda, quando antes quem lidava com os pertences era somente a mãe). Apesar de enxotado no dia anterior, Peludo voltara a deitar ali, no meio da cama e, desta vez, deitei-me ao seu lado e o acariciei, fixando o olhar no seu. Mas ele parecia não me ver. Mal sabia o que se passava ao redor – sortudo, o Peludo –, longe das mazelas da vida, como provavelmente diria a mãe, se estivesse viva. Aproximei o nariz do dele:

"Cadê o Peludo? Cadê o bonitinho? Cadê meu bochechudo lindo?"

Falava com o gato como Hortênsia gostava de se dirigir a ele. E num jeito cantado. Mas não debochava. Apenas foram as palavras que me vieram à boca. Hortênsia olhou-me, de lado, num sorriso triste. Quando me abotoou a camisa, chorei, novamente, mas desta vez sem alardes. Um choro mansinho, mas soluçado, enquanto Hortênsia dizia: *tem que ser forte, vamos, vamos... seja um bom menino. Sua mãe não vai gostar de ver você chorando assim, lá do céu*. Eu fazia que sim, com a cabeça, mas não consegui impedir que as lágrimas corressem, empapando a camisa. Pouco me importava, então, ser um bom menino. Eu queria era matar o Alceu. Pois eu estava convencido de que era o culpado de todos os recentes males que haviam abatido sobre o nosso lar. Perguntei, tentando enxugar as lágrimas com o dorso das mãos: *o Alceu vai estar lá*? E Hortênsia, num grito espantado, agudo: *quem?* Mas eu já tinha outra pergunta em mente e disparei: *será que a mãe está, mesmo, me vendo, lá do céu? Será que vai para o céu mesmo quem não acredita que ele exista?*

"Deixe de bobagem. É claro que existe um céu. Que pergunta, para um menino cristão."

"Não sei se sou cristão. A mãe nunca mais pediu que rezasse, antes de dormir. E nunca mais fomos à missa, depois que o pai deixou a casa."

E pensei, enquanto Hortênsia se persignava, que, provavelmente, havia sido a época em que a mãe se decepcionara com Deus. *Ela, esposa tão devotada – como um marido larga a companheira assim, e com um filho para criar*? Diziam, então, nas redondezas, no nosso bairro em São Paulo, quando íamos à venda ou a mãe ia entregar uma costura, um bolo. Davam-me furtivamente um doce, um gibi, bolas de gude, mas eu escutava as conversas. As vizinhas se indignavam e, principalmente a dona Joana, que morava na casa ao lado e que nos levara na rodoviária, quando da mudança e também trouxera a mãe de carro, dias atrás, na volta de São Paulo, pernoitando no hotel. Estaria ela no enterro, também?

Estava. E também a tia Maricota, a dona do nosso hotel. Mas não consegui ver o Alceu. Nem o pai. E me perguntei, talvez pela milésima vez, em minha vida: *onde andará o pai, a esta altura?* E ia o cortejo, atrás do caixão, subindo a alameda pedregosa, ladeada por árvores copadas, de um verde muito escuro e eu ia ao lado do avô, logo atrás da charrete que levava o corpo da mãe – eu, sempre olhando para trás, para ver se via o Alceu, ou o pai. Mas só via a dona Nicota, o marido e Cleo, mais um bando de rostos, alguns desconhecidos. O avô trazia com a mão minha cabeça para que olhasse à frente e, curvando-se, conversava, baixo, um pouco comigo; em seguida, acompanhava a reza, puxada por um padre, que empunhava um livro negro aberto, logo atrás de nós. Íamos sem pressa, justo eu que queria que tudo acabasse logo e pudesse voltar, então, para o hotel. E quem encontraria lá, a não ser o Peludo ou, talvez, o Vagabundo, escarrapachado na calçada em frente ao portãozinho do jardim, à espera de uma janta?

Eu me sentia um pouco mal, com toda aquela gente, o corpo da mãe sem vida logo ali na frente – ela provavelmente já no céu –, o avô suando e mostrando cansaço nas subidas e, ainda, a ladainha toda do padre, logo atrás. Havia comido e dormido, como disse ao avô, mas não confessei que havia comido e dormido mal. Eu me sentia fatigado. Queria dormir. Mais que isso, queria ir com a mãe, onde quer que fosse, para o céu ou não. Embora amasse o avô – mas não estaria sozinho, pois Hortênsia cuidaria dele, pensei. E tive estes pensamentos, subindo a última alameda em direção à capelinha. Lá, mais reza, até que finalmente o corpo saiu para o enterro e o avô pediu, com firmeza, que ficasse ali, naquela espécie de morgue, com Hortênsia e Cleo. O lugar cheirava a incenso adocicado misturado com flores velhas e úmidas e era meio escuro, triste e as poucas janelas, altas, estavam com as cortinas cerradas. Havia coroas por toda a parte com o nome da mãe – e o sobrenome curto, de solteira. O lugar do caixão, então vazio, deixou-me melancólico. Fiquei fitando a mesa, como se o corpo ainda estivesse ali e me senti mais mal ainda, louco para ir embora.

Impaciente, um tanto enjoado e enojado com aquilo tudo, vi o cortejo desaparecer alameda abaixo; ao menos, pensei, o avô não se fatigaria na descida. Pelo clarão que entrava pela porta, estreita e abobadada, vi as pessoas se reduzirem a um pontinho minúsculo no horizonte e me dirigi a Cleo, suspirando: *já foi*. Ela pegou minha mão, em silêncio e brincou um pouco com ela, me encarando de um jeito meio divertido, meio sério – ela também parecia se sentir deslocada, ali, naquele lugar estranho. Ela também impaciente, no banco de madeira. Foi bom sentir o contato da mãozinha macia de Cleo na minha e, como que querendo saber se havia me pegado em flagrante, olhei em direção a Hortênsia. Ela estava ocupada em enxugar os olhos e em puxar o ranho do nariz e, naquele instante, levantou-se e foi olhar uma pintura de santo na parede – mas com o rabo do olho em nós dois. Voltei a fixar o olhar ao longe e jurei ver um novo pontinho aparecer e se perder na alameda e comecei a crer que era o Alceu, pelo chapéu, que se juntava ao cortejo. Cleo, então, disse, largando minha mão e quebrando a quietude:

"Depois, digo, amanhã, temos que saber o que a professora deu hoje, em classe."

Respondi, distraidamente:

"É, temos."

Deixei a ideia do Alceu de lado. E comecei em seguida a pensar num plano de odiar Deus. Achei que aquele era um bom momento. Afinal, eu era um órfão. E se Ele existia, havia levado antes da hora a mãe mais doce da face da Terra, a mais devotada e linda, trabalhadeira, esforçada – a mulher que fora abandonada por um homem cruel e egoísta e que havia se evadido covardemente, sem nem ao menos olhar para trás – deixando, aliás, tudo para trás, pois nem ao menos as roupas, os objetos pessoais, levara. Nada. Nem a mala sequer. *Como um desaforo*, havia um dia dito ao avô, a mãe. E Deus estava sendo um desaforado, também – pensei. O despeito começou a me consumir e, além do mais, comecei a ter uma fome absurda. Queria um leite batido com chocolate no liquidificador, bem espumante, uma fatia de bolo, um pão de queijo que só a mãe sabia fazer. Nem Hortênsia fazia um pão de queijo como a mãe. Nem ela, que também era boa de cozinha.

Muitos anos mais tarde, eu seria diagnosticado como alguém que, em garoto, havia tido a síndrome do pânico, após a morte da mãe. Mas, à época, o que vi foi Hortênsia muito brava por eu ter saído correndo, num repente, para fora da capela, parando ali próximo à porta e colocando a mão no pescoço, sentindo-me sufocado. Abri os primeiros botões da camisa, olhei para o alto, queria ver o céu onde estaria a mãe, queria beber um pouco do verde das árvores, queria o que quer que fosse, menos ficar ali dentro, olhando a mesa vazia onde repousara pela última vez, diante de meus olhos, o corpo da mãe. E Hortênsia zangou-se, alcançando-me e pegando-me pelo braço, tentando me arrastar para dentro e, diante dos meus gritos veementes e estridentes de protesto, estancou, fazendo uma cara de quem me achava a mais infeliz das criaturas. Abraçou-me com força e vi também Cleo ao lado, querendo que dividíssemos o instante com ela, o receio de ser excluída. Mas Hortênsia, com seu corpanzil, ocupava um bom espaço e quase me esmagava, na sua compaixão. Cleo fez menção de chorar e eu a abracei desajeitadamente de lado. (Só então reparei que estava com umas tranças engraçadas, meio que puxadas para trás, repartindo os cabelos ao meio e com dois pequenos laços azuis-celestes de cetim, no topo da cabeça, onde nasciam as tranças, e mais dois outros, nas pontas. Quando virou a cabeça, as tranças curtas e seus laços pareceram dois balanços voadores, desses que se veem nos parques de diversões e que voam juntos para o mesmo lado, paralelos). Logo depois, Hortênsia disse, afrouxando o aperto e segurando nossos queixos:

"Vamos, crianças, o que é isso... sem choro; foram tão valentes até agora! Como disse o velho Quim, precisamos ser fortes! É o que a sua mãe espera de nós, principalmente de você, Tomás."

A mãe. A mãe tinha tido a intenção de ser forte. Sei, porque fiz uma coisa muito feia, quando passou os três dias em São Paulo. Li, às escondidas, o seu diário. Era um caderno de capa rosa, com uma foto sua, em preto e branco, na primeira página. Deveria ter ali no máximo uns dezesseis anos e estava ainda metida no uniforme do colégio – roupa clara, gravatinha em forma de laço na gola, ela segurava a saia pregueada para os lados, que iam logo acima dos joelhos, faceira, o sorriso envergonhado. Devia ter usado bobes, porque tinha o cabelo cheio de curvas e não era assim, era mais para o suavemente ondulado. Sorria, ali em pé, destacada no fundo branco leitoso. Naquele sorriso que o avô comparava ao de Mona Lisa, indecifrável. Ele também gostava de compará-la à atriz Marilyn Monroe. *Minha Marilyn morena*, ele dizia, quando ela sorria daquele jeito, meio doce, meio *coquette*, meio triste e que era, segundo o avô, uma mistura daquilo tudo. (E, anos mais tarde, fazendo as contas, descobri que, coincidentemente, a mãe falecera com a mesma idade da atriz americana: trinta e seis anos. Além do quê, descobri que o avô fora muito perspicaz ao chamá-la de tal modo. A mãe era, mesmo, com aquele seu jeito, a cara da atriz). *A nossa Marilyn morena, os olhos também tristes, opacos* – penso até hoje. Reparei nos sapatos de bico quadrado nas pontas, na meia curta e justa nas canelas, nos joelhos bonitos, redondos. Os braços graciosos, bem torneados. Que linda adolescente tinha sido a mãe!

Surpresas e interrogações

A mãe em viagem... – e deslizei suavemente o dedo sobre a fotografia, os cabelos morenos claros. E eu aqui, fazendo arte – concluí, culpado e com o ouvido aplicado à porta. O avô, àquela hora, tirava a soneca da tarde, em seu quarto. Hortênsia lavaria a louça e iria para os fundos, provavelmente dar uma dormida, também, agarrada com o Peludo. Aquela era a hora boa para tal. Porque eu queria saber. Queria saber do tal Alceu – mais que tudo. Já havia visto um dia a mãe esconder, às pressas, o caderno na parte baixa do armário, em meio a umas caixas de chapéu, luvas, sapatos. Eu já havia bisbilhotado ali, mas sem coragem de pegar o caderno. Aquele, portanto, era o momento certo. E, pelo peso, vi que existiam outras fotos no meio do diário: do pai, todo vaidoso, ao lado do carro novo – que era usado; do avô com a avó, jovens, empertigados, numa namoradeira; outra em que estávamos a mãe e eu, durante um piquenique, sentados sobre uma toalha xadrez, em São Paulo, no Trianon. Ambos, sérios. Não dava muita vontade de rir ou sorrir, na presença do pai. E a foto havia sido tirada por ele – lembro. Eu devia ter o quê, ali? Uns sete anos, no máximo.

Não vi a fotografia do Alceu. Nenhuma. No entanto, as palavras, no diário, traziam o seu nome várias vezes, principalmente nas últimas páginas. O problema era que a mãe dominava o francês e havia escrito muita coisa na língua do avô, talvez com receio de que alguém fizesse o que eu estava fazendo, naquele momento. Numa caixa de sapatos, encontrei também alguns livros, em formato de bolso (e reconheci o nome de Górki), em francês. Então, a mãe não lia somente em português, pensei, surpreso. Havia também uns poucos livros de outros escritores, poetas, mas eu desconhecia os nomes. Folheei-os e vi um cartão-postal de Paris, assinado pelo Alceu. Falava em Maio de 68, em revolução, na marcha do povo rumo à vitória, no passeio à Torre *Eiffel* e a bela vista do lugar. Terminava com um "Saudade. Eternamente seu, Alceu". Teria rimado de propósito? Fiz um muxoxo e coloquei o cartão de volta, entre as páginas de um livro cujo autor chamava-se Tolstói – e que hoje em dia está entre os meus preferidos com o seu Anna Kariênina. Teria a mãe, também, assim como a mãe da garota com a boneca da Brigitte Bardot, encontrado o seu homem letrado, viajado, de bom gosto? E, comunista? Eu refletia. O caso parecia sério. Por quê, então, não se casavam? Teria ido a mãe para São Paulo para ver os papéis e uma possível união, então, com o Alceu? Era o que tinha dado a entender. As tais *questões pendentes*.

Lendo o diário, estirado desavergonhadamente sobre a cama, ali no quarto e com os ouvidos atentos a um possível barulho que denunciasse a presença do avô ou de Hortênsia, descobri muitas outras facetas da mãe. Ela sentia falta do pai, apesar de ele ser um "bruto, insensível, por vezes carinhoso, mas egoísta, infiel e mentiroso". *Eu já devia saber, pelos bailes no colégio, que boa coisa ele não era. E todas as garotas reclamavam do mesmo: ele sempre dava um jeito de, ao dançar coladinho, subir a mão da cintura para a base dos seios da gente... – não era mesmo, de fato, o que se pode chamar de um cavalheiro.* Ora, vejam só, o pai, que malandro!

Em algumas páginas adiante, a mãe mencionava alguém – com data de dois meses atrás e sem citar nome – que encontrara para os lados do bairro de Jacutinga. *ELE veio me ver. Lá na Rosário. Esta foi gentil em nos deixar a casa, pudemos ficar a sós. Ele quis fazer amor. Não cedi. Ele se impacientou, foi violento, praticamente me violentou, de início. Não deveria ter cedido, mas, a certa altura, vencida pelos seus apelos, cedi. Foi horrível, mas foi mais forte que eu. Amo-o, quando penso nele, agora. E detesto-o, pelo que fez. Ele me fez mal. Ele me faz mal, mas está difícil viver sem ele. É como uma obsessão. O OUTRO não precisa saber. Nem o pai. Aliás, muito menos o pai, o querido Quim. Não, não, o Quim JAMAIS poderá saber! Para quê ficar ciente de tal barbaridade, dessa humilhação, da minha dor? Mas não vou conseguir esconder sobre o encontro. É bom conselheiro, vai me entender, apesar de nunca terem se dado bem.* Estaria mencionando um encontro com um desconhecido? E, quem seria o OUTRO? Alceu? E, logo abaixo do texto, vinha um coração vermelho, flechado e, no centro, o nome do Alceu. A mãe, então, amava dois homens ao mesmo tempo? Esquisito.

Eu tinha um ponto de interrogação sobre a cabeça. Eu não entendia a mãe. E consegui decifrar apenas parcialmente o que havia lido. Tinha pressa, e tinha que ler aos pedaços e só o que julgasse importante. Mas não consegui avançar muito. E havia novas revelações. Em meio aos livros, encontrei um denominado *A Religiosa*, de Diderot. O que me intrigou. Como a mãe, que não acreditava em Deus e nos santos e nos anjos poderia manter um livro intitulado *A Religiosa*? Cocei as orelhas, uma pulga havia se instalado ali. Do quintal, um barulho de gente batendo, serrando... resolvi espiar pela janela e vi o avô debruçado sobre uma pilha de madeira e ferro. Temi que olhasse para cima, mas se dirigiu ao galpão, no seu passinho lento, levando a tralha. Decidi que leria o resto numa outra hora, oportuna e, depois de deixar tudo ajeitado no armário, fui até o quintal ver o que o avô estava aprontando. Ele, no entanto, me enxotou de lá; era *uma surpresa*, disse. Vi o volante de um carro e desconfiei: estaria o avô fazendo um carro parecido com os de verdade, para mim?

Estava. No terceiro dia, antes da mãe chegar, ele me levou ao galpão ao lado da casinha de Hortênsia e, antes de abrir a porta, pediu que fechasse os olhos. Ouvi o ranger do velho portão de madeira, o clique da luz sendo acesa; o avô veio por trás e colocou as mãos sobre meus olhos. Em seguida, disse, na sua voz de velhinho rouco, um tanto trêmula de emoção: *pode abrir, agora, Tomás.* Dei vários pulos de alegria, eufórico; lá estava o meu carro, isto é, o que seria o lado do motorista de um carro: a porta, o assento, as marchas, o freio de mão, o painel, o volante. O avô fora criativo e o construíra com apenas uns poucos metros de madeira, que compunham o chão, como um pequeno tablado e onde ia o assento, as laterais, mais o lado da porta, baixa e o pomposo painel. Havia velocímetro, botões de seta de indicação – tudo de verdade (ainda que de mentirinha), sucata – o que um carro normal tem. Menos, claro, os bancos dos passageiros, o capô, as rodas, etc. Mas era lindo e, para mim, bastava. Era um sonho antigo, um pedido antigo e finalmente o avô o realizava. Não cabia em mim de contentamento. Sentei-me no banco e o avô disse: *as marchas funcionam; eu te ensino a engatá-las.*

Que imaginativo, o avô! Até mesmo se lembrar de pendurar a folha de um velho calendário com paisagem, à frente do carro, na parede do galpão, lembrou. A montanha coberta de neve, ao fundo, com um halo bem branco no topo, se destacava contra um céu absurdamente azul, com nuvenzinhas. À frente, um lago que parecia não ter sofrido o efeito da nevasca, pois conservava a cor azulada, brilhante. As árvores próximas tinham folhas em um vermelho que ia para o ferrugem, em cores fortes. Em primeiríssimo plano, um caminho de terra, levemente esverdeado nas laterais ia dar nesse lago e parecia ser o que eu haveria de percorrer, com meu automóvel. Bem embaixo havia, em letras pretas, garrafais: MECÂNICA FUJIHARA – e a data do ano passado – mas, quem ligava? E foi assim, brincando de dirigir, que passei boa parte do tempo, no domingo, antes da chegada da mãe. E, antes de voltar à curiosidade de fuçar em seu diário secreto.

A mãe havia dito, no diário, que este era o espaço onde poderia se expressar à vontade, já que o avô gostava de conversar, mas nem todos os dias estava disposto a ouvi-la e nem mesmo a entendê-la. Que às vezes ela desabafava e só recebia de volta algumas bufadas de sim e de não, de talvez. Ficava perdida, querendo trocar ideias, mas o avô estava um tanto preso ao passado, um tanto cansado das mazelas da vida e ia vivendo como quem quer sossego e achando que todos deveriam viver assim, sem se arriscar. Sem planos. Porque riscos representavam problemas. Mas – ela dizia –, aos trinta e poucos, sem marido, um filho, sem renda fixa e morando praticamente de favor, o que mais poderia fazer senão arriscar e tentar uma nova existência? Adorava o que fazia, mas gostaria de aprimorar o francês, o piano, viajar, ir a museus, conhecer lugares novos e gente diferente. A cidade pequena era boa, todos a haviam recebido bem, em Avermelhados, mas necessitava de algo mais – embora não soubesse exatamente o que era, pois quando parava para pensar, achava que a vida aqui na Terra não tinha muita saída para todos: tudo era sempre a mesma coisa, estivessem onde estivessem. Dormir, acordar, comer, pagar contas, ter doenças, esforçar-se por curá-las e não tê-las mais, ir ao dentista, preocupar-se com as roupas, a limpeza da casa, a manutenção da ordem das coisas ao redor.

Num determinado dia, escreveu: *falta poesia à minha vida, talvez, já que tudo me parece tão mecânico.* Quando havia o piano, em São Paulo, ela podia tentar improvisar música, podia tentar mesmo *compor* música. E não trabalhava tanto e não se afligia tanto com as contas, embora o pai não trabalhasse o quanto deveria, aproveitando-se de ser autônomo. Ou, talvez, parte da renda fosse para outras mulheres. Ela não sabia. Também resistia em saber, pois seria dolorida a verdade. De qualquer modo – dizia –, o piano fazia falta, mesmo para o avô, que antes do menino nascer – era assim que ela, então, muitas vezes se referia a mim, *o menino...* – costumava dedilhar logo cedo as escalas, para depois invadir a casa com a música de Chopin, Beethoven, Mozart, Bach, Tchaikovsky. *Ah, como tocava bonito, o velho Quim! E o Concerto número um, em bemol menor, para piano e orquestra, de Tchaikovsky – uma de suas preferidas? Ah como gostávamos de ouvi-la, juntos!* E relembrou um concerto inesquecível no Municipal, transmitido, na ocasião, pelo rádio.

Então – disse-me –, a mãe se sentia só e um tanto deprimida. Insatisfeita. Voltada para as reminiscências do passado. Não amada.

Era isto o que, no fundo, as palavras de seu diário queriam dizer. Mas, então, refleti com meus botões, por que a mãe era, o mais das vezes, tão distraída no afeto? Sim, tinha arroubos de me pegar pelas bochechas e chamar-me de seu querido, seu anjinho, sua vida e apertar-me contra si. Mas, era raro. O mais das vezes era um olhar distraído, como se não me enxergasse direito, como se eu fosse uma zona de sombra. E ela, parecendo eternamente preocupada, fechada em si – principalmente depois da vinda para as montanhas.

O *afeto distraído*, o mais das vezes, foi o que me deixou mais perplexo na maturidade. Em criança, juraria de pés juntos que a mãe era a mulher mais carinhosa do mundo; em adulto, com o distanciamento, eu refletia e via que provavelmente espelhava nela uma necessidade minha. Não, a mãe não me considerava muito, apenas raramente. Mas, que mãe, eu me digo, talvez para aliviar a situação, teria tempo integral para um filho? Utopia! Ao menos – eu me consolava, então –, a mãe não era bruta, não espancava, não dizia palavrão, não desconsiderava ostensivamente, não desafiava. Conversava. Eu preferiria que tivesse conversado mais; quando, por exemplo, nos mudamos de São Paulo para as montanhas. Foi um choque ver o piano, a bicicleta e a vitrola irem parar na carroceria daquele caminhão de mudança caindo aos pedaços, vendo-o se afastar, lentamente e sacolejando e eu ali, estático na calçada, sem nem ao menos receber uma palavra de explicação, consolo. A mãe e o avô estavam visivelmente atarantados em meio à mudança, é certo – por que haveriam de se lembrar de mim, de meus sentimentos? Pareciam ter coisa mais urgente a fazer, eu refletia. Mas era, de certa forma, imperdoável o descaso. Sendo o avô de poucas palavras, apenas recebi isto, com um tapinha no ombro, momentos depois:

"Um dia, teremos condição de adquirir tudo, novamente."

E entrou para dentro da casa, já praticamente vazia, para pegar os pertences restantes, que colocamos no carro da dona Joana, a vizinha e, assim, viemos parar no Vale das Montanhas. Durante o trajeto, permaneci calado, mais triste do que propriamente enfezado com a situação. A mãe e o avô também não pareciam dispostos a comentar o assunto e eram só elogios para o automóvel da dona Joana – um *Sinca Chambord*, realmente admirável, todo rosa com um rabo em listras largas brancas. Os lindos pneus muito alvos. A família havia rapidamente prosperado com o negócio de um posto de gasolina lá para os lados de Aparecida, onde os romeiros iam venerar a santa. E ela, então, se dava ao luxo de ter um carrão daqueles; por onde passávamos, era só admiração.

Entretido em preparar o meu carro, o avô passava horas no galpão e era quando eu aproveitava e lia o diário e ficava, sobre a cama, tentando entender quem era a mãe, quem eu era para ela, quem eram os outros – que papel tínhamos em sua vida. E ela voltava a falar no avô, em poupar o avô de uma possível desgraça, pois vieram os enjoos, os vômitos, as cólicas, a inapetência e *a terrível noite havia gerado seu fruto*. Mas o avô deveria ser poupado, ele e a sua velhice, a sua paz, o seu direito de não se aborrecer mais na vida – ele que já sofrera tanto, com a perda da mulher ao dar à luz, e dos antigos amigos, em São Paulo; com a mudança para as montanhas, o cotidiano desfeito, pois não podia ir mais ao cinema, aos concertos, à missa na igreja do bairro – onde era bastante conhecido e onde tocava flauta, por vezes, acompanhando um casamento, um batizado. Tinha, então, ali, um círculo sólido de amizades, que se desfez com a ida para o Vale. Sem falar no piano – ah, o piano! *Ah, mon pauvre père!* E a página aparecia preenchida com uma letra confusa, torta, aos garranchos e com manchas que deixavam lacunas na escrita, muito provavelmente marcas de lágrimas sobre a tinta azul da caneta-tinteiro.

O que a mãe mais receava era perder a cumplicidade do avô, contando-lhe uma mentira. *Preciso ter tato. Mas ainda não sei como dizer o que tem que ser dito. Falo tão bem do Alceu, que este me trata tão bem, o quão gentil é, que o Quim certamente já tem algum afeto por ele, mesmo sem conhecê-lo pessoalmente.* O Quim. Se eu era *o menino*, o avô por vezes era *o pai* e, por vezes, era só *Quim*. Sorrio, hoje, quando lembro disto. A mãe realmente via o avô não só como um pai, mas como amigo. Dizia ela, ainda: *se um dia o Quim se for, antes de mim, não sei o que vai ser da minha vida. Só ele, e apenas ele, tem uma sintonia tão forte comigo, com meus problemas, as necessidades, ainda que por vezes nossa comunicação deixe a desejar. Mas a união vem pelo afeto, pela música, nossos jogos noturnos e, muitas vezes pelo silêncio cúmplice e jamais, jamais mesmo me lembro de ter recebido uma advertência excessivamente severa de sua parte. Não. Sempre a tentativa de me entender, compreender os meus desejos, a situação de mulher abandonada, traída, mal-amada, a necessidade de crescer como pessoa. A preocupação com minha saúde e a do menino, nosso bem-estar. Amo muito esse pai e teria que me preparar para a sua ida, um dia, mas ainda não consegui. É como que se, para mim, ele fosse eterno, imortal. Como pensar a vida sem o velho Quim ao lado? Nós, tão cúmplices em tudo?*

A mãe refletia sobre a morte, a possível perda do avô, então. Aquilo me assombrava, embora já houvesse pensado em tal possibilidade. Mas achava que a mãe, não. Que não tinha nem tempo para tais elucubrações. Não era ela que dizia que era preciso viver o dia a dia, *matar um leão a cada dia*? Mas não só de sacrifícios era a vida da mãe. Ela conta que *o Armando fazia da nossa rotina algo medíocre; já o Alceu, quando nos encontramos em Avermelhados, vamos para o barzinho onde há a* juke-box *e dançamos ali mesmo (o twist, o rock, o cha--cha-cha, a rumba – delícia!), no pequeno pátio de fora, onde as mesas ficam sempre vazias, apesar da bonita vista para o vale. E, apesar dos nossos quase quarenta, sentimo-nos jovens, animados, nesses dias. Há a pausa para o cigarro do Alceu, as conversas, o momento de lembrar um poema, aquela música especial da Bossa Nova (e é quando cantamos juntos, baixinho, olhos nos olhos) ou de ele contar sobre as viagens que vive fazendo pelo mundo. Tomamos nosso martini ou cuba-libre com moderação. Eu o ajudo com o francês, às vezes e ele com o meu péssimo inglês. Os assuntos de nossas conversas não se esgotam nunca. E ele sabe ser engraçado, tem senso de humor. O Alceu imitando a Carmen Miranda, com o trejeito dos braços e revirando os olhos, é algo de rolar de rir! Além do mais – que carinhoso, atencioso e gentil! Diz que me ama e eu, hoje sei, eu o amo, embora não consiga dizê-lo. Por que não o conheci antes? Pergunto-me. Aconselha-me a não ceder aos apelos, aos contatos de Armando. Ele que fique lá, com sua nova família, diz. Mas fica difícil dar um basta, dizer não a ele, quando manda as cartas provocativas (lá para o endereço da Rosário). Fico sempre querendo dar uma resposta. Telefono desesperada lá da Rosário, ou escrevo. É uma armadilha, diz Alceu, e você cai direitinho. É isto o que ele quer.*

O pai havia formado uma nova família. A mãe ainda tinha contato com ele. Eis duas novas informações que me surpreenderam. E eu alheio a tudo – que desconsideração e, provavelmente, para com o avô também. A *rotina medíocre* do pai; bem, não havia mesmo nenhum *glamour* em seu trabalho. O pai distribuía caixinhas de doces caseiros, como goiabada e doce de leite, saídos bem frescos das fazendas, diretamente para os comerciantes no estado de São Paulo; ele as acomodava na velha perua (que vivia rescendendo, sobretudo, à goiaba) e saía percorrendo as cidades; se era perto, ele voltava, mas muitas vezes passava dois, três dias fora. Creio que foi o tempo que arranjou para formar uma nova família, eu refletia. Quando estava em casa, a diversão era: lavar o carro de passeio na calçada, mexer no motor do carro, ouvir rádio e ler jornal, ir com a mãe (mais raramente) no cinema ou no circo, ficar com os amigos no bar próximo de casa até a hora da janta, ir no vizinho ver um ou outro programa de tevê, ouvir rádio, acompanhar o futebol e, raramente ligar a vitrola, que era praticamente minha. Mas havia lá em casa uns discos de Nat King Cole, Frank Sinatra e mais uns outros que eram exclusividade do pai e da mãe. Creio que, pela descrição da mãe, a vida com o Alceu devia ser, mesmo, mais divertida. Mas, se bem me lembro, o pai não era de todo um insensível, para usar um termo caro à mãe. Quando esta ou o avô abriam o piano e punham-se a tocar, ele muitas vezes se acomodava no sofá e ficava ali parado, observando de longe, como que tentando entender como que alguém consegue tirar um som tão lindo de tal instrumento, juntando as notas e agilizando os dedos. Eu pensava isto. E achava que ele também deveria pensar do mesmo modo. A música era, realmente, algo impressionante. Intrigante.

A verdade é que vivíamos meio isolados, em São Paulo, pois o pai tinha horror a visitas. Dizia que visita incomodava, que tirava o seu descanso, atrapalhava a rotina e jogava a coisa para o avô – que iria tirar a paz do avô. O avô, velho, precisava de descanso, dizia – ao que este às vezes retrucava, num jeito manso, sem brigar. Se um vizinho nos encontrava na rua e se animava a ir em casa, o pai dava o primeiro passo em dizer: *qualquer hora eu passo lá, na sua casa.* E não ia nunca e, assim, o vizinho ficava meio que impedido, encabulado de aparecer na nossa, também. Quando eu ia com a mãe na feira, ajudando a carregar as sacolas, ela parava para conversar com uma ou outra amiga, uma freguesa; mas eram encontros casuais, onde nada de importante se conversava. Diziam que eu tinha crescido, falava-se sobre a carestia, o tempo, a mãe pegava uma encomenda. Não mais que isso. Frivolidades, o mais das vezes. Mas, aparecer em casa, ninguém aparecia. Raro.

Muito de vez em quando, a nossa vizinha ao lado, a viúva Joana, conversava com a mãe através do muro, enquanto ambas molhavam as plantas do jardim. Não tinha filhos, vivia da renda do posto e adorava novelas na televisão. Era para lá que, muitas vezes, depois da aula, eu corria no fim da tarde para ver os desenhos animados ou algum seriado. Ela, então, me trazia limonada, biscoitos – em silêncio. Não conversava muito, sempre discreta. Na verdade, não me lembro de ter trocado muitas palavras com ela. *Olá, boa tarde, entre; como vai sua mãe, seu pai, o avô? Bem? Ah, bom!* Não sorria, mas também não era indiferente. Mulher estranha... Para dizer a verdade, sua presença me assustava um pouco; tinha aflição das sobrancelhas muito negras e arqueadas, que lhe davam um aspecto de mulher má. Mas não era, apesar disto e da voz grossa. Mesmo em casa, usava umas saias rodadas estampadas, que me pareciam caras e grossos saltos altos, além de umas bijuterias bastante ostensivas. Eu a escutava, às vezes, falando sobre o posto, ao telefone – o qual nos deixava usar, em casos de emergência. E, muitas vezes, de casa, eu a ouvia cantar umas músicas melodiosas que a mãe dizia que era canto lírico. Era ela que, muitas vezes, chamava o avô e a mãe para ver um programa especial na tevê (o pai, nessas horas, raramente estava em casa. E, se estivesse, acho que não iria. O pai nunca ligou mesmo para tevê).

Não sei exatamente por que nunca tivemos um aparelho de televisão. A mãe e o pai sempre deram mais ênfase ao estudo do colégio, à música, à leitura. Televisão não estava na prioridade deles. E o pouco do que eu via, me satisfazia. Se todos corriam para casa depois da aula para ver tevê, eu preferia, o mais das vezes, ir para a rua e brincar com os meninos de esconde-esconde, caracol, amarelinha e sempre era chamado para pular corda com as meninas da rua. Eu era bom de bater corda. E de bafinho, com as figurinhas da seleção de futebol brasileira. E era bom também na bola de gude. E no pião. Eu era bom para entrar na mata perto de casa, um lugar barrento e escuro, de mato alto, que era o horror dos nossos pais. Para nos assustar, eles diziam que lá havia bandidos, cobras e escorpiões, mas isto atiçava ainda mais a nossa curiosidade e, assim que podíamos, íamos num grupinho nos meter no meio da mata, onde morava, lá no fim, sozinho, um homem, o seu Zeca, que fazia jardinagem na vizinhança. Tínhamos curiosidade de entrar em seu casebre, mas era tudo tão pobre, tudo tão sujo ao redor, que desanimávamos e ficávamos de longe espiando e recolhendo mamonas nos pés junto à cerca de arame farpado. Ele recolhia sucata e ao redor da casa era um amontoado de ferros retorcidos, pneus velhos, papelões... – nada ali parecia prestar. Uma vez vimos dois ratos escuros correndo e entrando por baixo do madeirame da casa. Aquilo me enojou. O melhor era entrar na mata, sentir o odor daquele verde espesso e sair para os lados, dando numa pequena vala, um córrego meio sujo, que chamávamos de riacho e que possuía uma velha ponte improvisada de madeira. Cada vez era uma surpresa; víamos brinquedos velhos boiando e até gatinhos recém-nascidos, abandonados, encontramos ali. E alguns levavam para suas casas capim-cidreira e outras plantas para se fazer chá caseiro. Eu não podia fazer aquilo, ou me denunciaria e seria bronca na certa.

Não era ruim a vida em São Paulo. E, com estes pensamentos, perguntava-me quando teria, novamente, acesso ao diário da mãe.

Após a sua morte, o avô trancara, nos primeiros dias, o quarto. Mas Hortênsia convenceu-o a destrancá-lo e a se desfazer das roupas e alguns objetos pessoais. Ao que o avô resistiu: as roupas eram boas demais para servirem de donativo. Ela costurava com esmero os próprios vestidos, escolhia bons tecidos, finas rendas, bons aviamentos. Não queria doá-los aos pobres, mas também não tinha ideia de quem poderia ficar com eles. Arrisquei dizer o nome da dona Nicota, mesma silhueta da mãe. Mas o avô falou que a mãe de Cleo era mulher de boas posses e que, certamente, não iria querer andar pela cidade, na frente de todo mundo, com os vestidos usados e já conhecidos da mãe. O resultado foi que os vestidos continuaram no mesmo lugar, pendurados em cabides de madeira, forrados de tecido azul, dentro do armário. Nas caixas, o avô não mexeu. Nem nas joias. Confessou-me que, se as vendesse, obteria algum dinheiro, mas, além de serem de estimação, não estavam tão precisados assim e, quem sabe, eu um dia não teria uma filha que pudesse ficar com elas?

Não tive.

O avô chorava escondido, no quarto – como eu – e podia escutá-lo se lamentando: *Mon Dieu, mon Dieu!* Apenas Hortênsia não se envergonhava de mostrar as lágrimas onde quer que fosse. Havia mantido a freguesia da mãe, na parte das comidas e, quase todos os dias, lá íamos nós, ladeira abaixo, no final da tarde, até a praça com as encomendas. As mulheres me acarinhavam o rosto, mexiam nos meus cabelos, se apiedavam – o que me deixava quase sempre embaraçado. Eu dava um jeito de me esquivar dos carinhos – coisa, que aliás, fiz durante muito tempo na vida. O chamado *distúrbio afetivo* sempre começa de algum modo, em algum lugar e o meu, creio, começou àquela época. Passei grande parte da vida sem entender o que era o amor, o afeto – sempre receoso, sempre vendo ali, armadilha. Não me rendia à espontaneidade, como se o amor fosse uma *condescendência* de um terceiro. Demorei muito para aceitar o afeto e, também, para voltar a amar, como um dia, num passado distante, amara a mãe, o pai, o avô, Hortênsia e – por que não? – também o Peludo. E Cleo. De qualquer modo, à época, ali na praça, todas as tardes, driblava o afeto me desprendendo da barra da saia das mulheres, às cotoveladas e ia brincar com os outros meninos, que ficavam próximos às mães que nem pintinhos junto às galinhas. Até que um tomava coragem e começava alguma brincadeira. Havia figurinhas para trocar ou jogar bafinho, de nossas coleções, ou bolas de gude e futebol de botão, que jogávamos ali mesmo, esparramados no chão. E eu me entregava às brincadeiras, me esquecendo da mãe, da tristeza do avô e, muitas vezes, vendo Hortênsia se derramar em lágrimas e boas palavras para a mãe ali no meio das mulheres. Mas eu não queria desanimar; precisava ser forte, dissera o avô e dissera-o também Hortênsia e havia a promessa de um encontro, um dia, com a mãe, novamente. Embora esta não tivesse me convencido, em vida, que acreditasse no céu, nos anjos, nos santos e mesmo em Deus. Mas de uma coisa eu tinha certeza: ela acreditava, como eu, no Criador. E, será, então, que este abandonaria suas criaturas? Eu tinha esperança que não.

Em algumas tardes, nos fins de semana, eu era convidado por Hortênsia a entrar em seu quartinho e ficar ali em sua companhia, enquanto costurava. Assava uns biscoitos com canela, eu me esparramava no chão, forrado com um ralo tapete cinza de feltro e brincava com o Peludo. Falávamos na mãe, mas de um jeito bom, uma saudade boa, sem tragédias – como faria de modo avesso o pai, se ainda morasse conosco. Um dia, vi numa estante uma pequena coleção de livros, com lombadas coloridas. Perguntei à Hortênsia se poderia mexer ali. Ela disse: *claro. Essa coleção, que ainda não está completa, sua mãe foi me dando aos poucos, nos Natais e aniversários. Quando estiver maior, vai gostar de ler. Eu preciso achar alguém que me traga o resto, da capital.* Reparei na capa do primeiro volume e havia, num plano bem aproximado, o rosto de uma garota loira com ar sonhador, os cabelos longos esparramados sobre os ombros, em atitude lânguida, numa pintura com fundo em azul, que parecia aquarela.

"Mas não é livro para moças?"

Perguntei, revolvendo o grosso volume entre as mãos.

"Hum... não diria isto."

Hortênsia levantou-se, abriu um volume e me mostrou o recorte de um jornal. Ali dizia que, finalmente, havia saído no Brasil o *best-seller* francês de Anne e Serge Golon. Os vários volumes contavam a saga de uma garotinha, criada no campo e que, tendo sido prometida a um conde, ainda jovenzinha, vê-se mergulhada em conflito, pois muda radicalmente de posição social. "Angélica, que era chamada de *A Marquesa dos Anjos*, por seus amiguinhos, pois adorava liderá-los através dos campos, em caminhadas e explorações, parecia já preconizar o futuro, ao denominar-se marquesa. Pois, apesar da decadência familiar, Angélica possuía nas veias sangue nobre. Ao desposar um conde de Tolosa, que se encanta com sua beleza e seu espírito, a pequena selvagem é obrigada a abdicar dos antigos hábitos – ao mesmo tempo que livra-se das más condições de vida – e ingressa assim na vida mundana da corte. Assiste ao casamento de Luís XIV..."

"O que é mundana?"

Hortênsia corou.

"Ah, não sei bem."

Depois pareceu refletir um pouco, acho que sem coragem de me deixar sem resposta, como o fariam a mãe e o avô, e completou:

"Sabe o que dizem das pessoas mundanas, não? Então, acho que tem a ver com a noite e o divertimento. Gente jovem que se diverte muito sem pensar no dia de amanhã. Entende?"

Concluí: fazia sentido. Eu havia lido algo sobre a corte de Luís XIV, o Rei Sol, ao que o artigo estava se referindo. Havia sido por ocasião da leitura de *Os Três Mosqueteiros*. E a mãe havia conversado comigo sobre aquilo. Pois sabia tudo sobre a História da França. Enquanto o povo passava necessidades e mesmo morria de fome, Luís XIV dançava, promovia banquetes, mandava construir galerias luxuosas e artísticas, assim como jardins esplendorosos, com inúmeras fontes e estátuas, pavilhões de caça e possuía e sustentava várias amantes. (Bem, isso de amantes havia sido Hortênsia quem me dissera, de acordo com a história que lera sobre a tal Angélica. Segundo ela, até mesmo a moça, a tal Angélica, havia sido amante, ainda que a contragosto, de início, do rei!). Luís XIV promovia frequentemente caçadas, nos arredores do castelo, vivia cercado de luxo, joias e de pessoas bem posicionadas e mandava as tropas, muitas vezes lideradas por nobres, guerrear contra os seus adversários.

Dizia, ainda, o artigo: *assiste ao casamento de Luís XIV e envolve-se em várias intrigas. Angélica conhecerá a vida da corte em seus detalhes, usufruindo do fausto mas também sofrendo com a competição entre os nobres, sempre em busca de bons casamentos e cargos, a benevolência do Rei. Quando o marido é acusado, injustamente, de bruxaria, por causa de suas experiências alquímicas, cai na pobreza e terá que conviver com os mendigos de Paris. Será dura, a sobrevivência, após a condenação do conde à morte, na fogueira. Mas não obstáculos para Angélica, que se dizia forte por ter sido criada no campo, com os animais e as agruras do lugar, de sua vida cercada pela pobreza – apesar do sangue nobre. No entanto, nossa heroína não se dá por vencida e, tornando-se pequena comerciante, já com dois filhos de seu antigo casamento com o conde tolosano, consegue recuperar parte de sua fortuna. No entanto, ela quer mais, quer voltar à corte e vingar a morte do marido.*

"Nossa, quanta coisa passa essa pobre Angélica!"

Deixei o artigo, extenso, de lado e folheei um dos volumes da coleção. Vi expressões ali que, certamente, Hortênsia também não dominava. Com que intenção a mãe a presenteara, por vários anos, com tais livros? Encravada ali naquele fim de mundo, ela alcançaria o espírito de um livro escrito sob tais circunstâncias? Um livro com uma heroína francesa, passado em Paris? Pensei no que a mãe responderia e me lembrei de um comentário seu, algo como: *do que a arte é capaz! Ela nos move para tantos lugares, tantos universos, sem que ao menos saiamos de nosso próprio lugar!*

"Essa Angélica, ela volta à corte?"

"Volta. Casa-se com um marechal, denominado Felipe e tem um filho com ele, lindo e loiro, rechonchudo como um anjinho – mas este é degolado quando o castelo é invadido por um capitão chamado Montadour. De cabelos vermelhos como os seus, só que o homem era mesmo de má índole."

Fechei o livro. Criancinhas francesas sendo degoladas! Homens morrendo na fogueira! Olha o que a mãe dava para Hortênsia ler! Um tanto aturdido, preferi voltar a brincar no tapete com o Peludo. E esqueci o assunto.

Somente anos mais tarde, passando por uma livraria em São Paulo, deparei-me com a coleção completa de *Angélica, a Marquesa dos Anjos*. Existiam também alguns filmes sobre o folhetim. Não fui vê-los. De qualquer modo, entrei na livraria e comprei-os todos. Li, durante várias semanas, de uma sentada só. Não era Rimbaud, não era Diderot, Proust, Dostoiévski. Mas era bem escrito, bem pensado e articulado e entendi por que a mãe presenteara com ele, Hortênsia. Entendi por que virara *best-seller*. A escrita era o mais das vezes simples, mas havia conteúdo. Sem dúvida era um livro para as grandes massas, mas ali havia História e um pouco da cultura da França. Havia aventura e divertimento. E, havia, claro, muito romance. Os personagens eram bem construídos e a narrativa, saborosa. Os autores haviam incluído várias curiosidades sobre a sociedade da época, no tempo do Rei Sol. Haviam feito uma enorme pesquisa, para tal. A mãe não havia se equivocado. Aquele era um livro que eu poderia ler, e Hortênsia e a mãe, também. Isto era difícil de achar na literatura. Ou caía-se para o mau gosto, subestimando a inteligência dos leitores, ou eram considerados de difícil acesso – como Proust, Flaubert, Dostoiévski, sem falar em Joyce! A mãe, com aquele seu jeito simples, tinha uma intuição afinada e uma certa erudição, o que a permitia separar o joio do trigo. Lia Diderot, mas lembrava-se de presentear Hortênsia, que era uma serviçal do hotel, com livros interessantes e acessíveis como os da coleção em questão. Admirei mais ainda a mãe, pela sua compreensão do mundo, da natureza das pessoas e suas necessidades.

Eu havia resolvido tentar ter acesso ao diário da mãe, mais uma vez, nem que fosse para arrancar a página em que dizia que JAMAIS o avô poderia saber da verdade. Fiz algumas tentativas, sem sucesso. Ora era Hortênsia, chamando lá da cozinha para o lanche da tarde, ora era o novo hóspede, um rapaz ensimesmado e barulhento, que zanzava pelo corredor, indo frequentemente ao banheiro, batendo as portas de um jeito que lembrei a mãe detestava – *existe trinco para quê?* –, fumando debruçado na janela do corredor, que dava para os fundos e interpelando-me a cada passagem – enfim, estava ficando impossível ter em mãos o diário, novamente. O avô já não trancava mais o quarto, mas a ordem era para não adentrar a ele. De qualquer modo, pensei, o armário deve estar bem trancado, a sete chaves. E, certo dia, o avô chamou-me e, para minha surpresa, fez com que o seguisse até o quarto da mãe. Lá, enquanto me lançava sobre a cama, ampla, de casal, esparramando-me ali, os braços em cruz, ele escancarou as folhas de madeira da janela, deixando entrar a luz e abriu a última gaveta da cômoda, que rangeu um pouco. O quarto, aliás, cheirava a mofo e o avô vivia contrariando Hortênsia, que insistia em deixar o sol entrar ali. *Para quê?* Ele dizia, um tanto amargurado e mesmo com certo descaso. Do fundo da gaveta, o avô retirou um álbum grosso de fotografias e passou-o às minhas mãos. Sentou-se ao meu lado, com um vago entusiasmo e ficamos vendo as fotos, comentando-as, saudosos. A certa altura, meu olhar se dirigiu ao armário, bem em frente à cama e ao lado da janela. O avô, vendo-me distraído, disse que iria ao banheiro. O quarto da mãe possuía um lavatório conjugado, cuja porta ficava bem próxima à cômoda. O avô foi urinar. De um salto, aproximei-me do armário, mas, como previra, estava trancado. Voltei para a cama, decepcionado.

O álbum de fotografias, eu o tenho até hoje.

Quim

Certa noite, muitos meses depois do funeral, o Alceu apareceu no hotel. A mim me pareceu que estava vestido como no dia em que havia vindo visitar a mãe: o mesmo terno, a mesma gravata torta, o chapéu. Apenas desta vez usava uma capa de chuva sobre o terno e empunhava um guarda-chuva preto e gasto, pois chovia torrencialmente. O avô me enxotou da saleta; corri para o pé da escada, a alguns metros dali e fingi que, lançando o corpo para trás, os braços soltos para cima, como que me espreguiçando, os demais degraus me interessassem enquanto brincadeira. Fiz cara de doidinho, fechado na minha pequena loucura, para que se esquecessem de mim. O avô não se convenceu da minha distração e disse, apontando escada acima: *para o seu quarto, vamos, que é conversa de adulto.* Não me movi e o Alceu disse: *deixe...* E sentou-se ali, sem cerimônia, onde era a poltrona preferida da mãe. O avô sentou no lugar de sempre, em frente a ele, ainda levemente zangado comigo. E o Alceu, revolvendo o chapéu entre os dedos e debruçado um pouco entre as pernas:

"O senhor queria me ver..."

Ao que o avô prontamente completou:

"Sim. Sobre os pertences; se quiser escolher algum que lhe agrade, que o faça, porque temos que liberar o quarto para os hóspedes. Haverá um evento no mosteiro e, pelas nossas contas, os quartos que temos disponíveis serão poucos."

O avô iria, então, liberar o quarto para o Alceu revirar e fuçar lá à vontade, pensei, escandalizado. Pus-me em pé e gritei, agitado:

não, vô Quim! Não pode dar a ele o que é da mãe! Não vou deixar! O avô também se levantou e apontou o dedo para cima:

"Já para o quarto, eu disse! Me obedeça, *merde!*"

E, pela primeira vez, ouvi o avô falar um palavrão, dirigindo-se a mim. Claro que sabia o que era *merde.* De vez em quando o avô errava um martelo no prego e acertava o dedo e lá vinha um *merde.* Ou chegava algum hóspede que não gostava – dos barulhentos, dos sem-consideração e lá vinha também um *merde.* E era muito parecido com o nosso, em português. Então me ofendi, mas não arredei pé, gritando a plenos pulmões, o que fez o Alceu arregalar um pouco os olhos e o avô projetar o corpo para a frente, muito vermelho, como se fosse explodir.

"Não vou, eu não quero esse homem aqui, ele não vai mexer nas coisas da mãe, não vai ficar com nada que é dela! Não vou deixar, não vou deixar, não vou deixar!"

No fundo, eu sabia que o Alceu não era mau sujeito, principalmente depois de ter lido o diário da mãe e saber que era bom com ela, divertido, *interessante* – como ela dizia. Até dançava o *twist* e imitava Carmen Miranda! Mas eu não queria que tivessem acesso ao armário e achassem o diário. Aquele JAMAIS da mãe estava sempre a me acompanhar.

O Alceu então disse, fazendo um gesto apaziguador:

"Deixe, seu Quim. Deixe, deixe o menino, deixe..."

E fez com que o avô se sentasse. Eu, então, subi correndo as escadas e me refugiei no quarto. Que fizessem o que quisessem, então, pensei, ainda zangado. Mas a atitude desinteressada do Alceu me comovera. Não me importei, mesmo, quando ouvi a conversa no corredor do quarto da mãe. Já havia esquecido do diário e por que não queria que o Alceu ficasse com nada da mãe. Peguei a caixa de brinquedos e comecei a remexer ali, pegando um soldadinho, outro, fazendo-o atirar, colocando de novo na caixa e, pegando um carrinho, fazia-o deslizar sobre o assoalho, depois depositava-o de volta na caixa e, assim por diante. Fui remexendo nos brinquedos sem me fixar em nenhum. Estava inquieto, sem colocar foco em nada. Achava que estava tranquilo, mas não, não estava. Desde aquele tempo, o controle me foge. Não sei bem como estou de ânimo. Demoro a perceber que tudo está saindo dos eixos. Quando vou ver, é hora de ver o analista, ou ligar para um amigo e desabafar por um longo tempo. Mas isso são outros quinhentos. Aquele Tomás estava irrequieto, porque havia se esquecido de algo que gostaria de ter defendido até o fim e intimamente havia percebido ser impossível: que lessem o diário da mãe. E que o avô pudesse, então, perder a paz.

Sem nenhuma culpa, fui me desligando dos problemas que haviam afligido a mãe e, consequentemente, da guarda de seu diário. Eu não sabia se naquele dia o Alceu havia adentrado ao quarto e levado alguma coisa, lido as páginas proibidas. A rotina trouxe-me questões urgentes: fazer os deveres de casa, estudar com afinco para as provas, lembrar de tomar banho e ter o quarto em ordem, sem ter mais a mãe ali para mandar, vigiar. O avô ensinara-me alguns jogos no baralho e, entre eles, o buraco. Passávamos algumas noites jogando, quando não havia hóspedes, ali. Porque o avô preferia jogar com os adultos, mais experientes e menos ingênuos do que eu. Ele também estava ficando de difícil comunicação – ensurdecia. Caducava. Andava esquecido e conversava sozinho, às vezes. Além do quê, estava mais ranzinza. Hortênsia a tudo dizia: *o teimoso do seu avô...* Ele se recusava a tomar com regularidade os remédios que o médico passara. Às vezes, tinha ímpetos de jogar tudo no lixo e comer o que não devia, como açúcar, gordura, além de tomar bebida alcoólica. Havia comprado uma bengala nova, com mais de um pé, mas deixava-a o mais das vezes encostada, dizendo que não iria se acostumar, que iria tropeçar nela. Hortênsia ensinou-o a empunhar e colocar a bengala de lado e caminhou, empertigada e segura, por algum tempo, sobre os ladrilhos recém lavados da cozinha sob o nosso olhar desatento. O avô dava de ombros – não estava mais motivado para cuidar da saúde, dizia. Na rua ou para os hóspedes, deu para lamentar da vida, justo ele que sempre fora de falar pouco, de pouco reclamar. Na praça, ao entardecer, eu o via segurando alguém pelo cotovelo, retendo a pessoa por mais tempo, para desfiar as preocupações:

"A mulher morreu no parto, dando à luz a única filha, Leonor, que recentemente se foi, também. Deixando o menino órfão. O pai do meu neto, Armando, se foi, caiu no mundo, ninguém sabe onde está. Não deu mais notícias, o desalmado. Aquele que prometeu ser um pai para o menino, no leito de morte de minha filha, também sumiu, desapareceu, nunca mais o vi depois que voltou, por uma única vez, ao hotel. Também não quis saber da gente, o Alceu; não dá notícias. E envelheço. O que vai ser do garoto?"

O avô brincava com os dedos sobre os meus cabelos, enquanto eu me contorcia um pouco, desconfortável e olhava para todos os lados como que a pedir socorro. Incomodava-me o papel de vítima. Que aparecesse um amigo, um colega, Cleo. Aquela conversa de adultos me deprimia. A lenga-lenga do avô me deixava triste. Dera para reclamar da dona Maricota, a dona do hotel, que andava cobrando a mais o gás que Hortênsia gastava com os doces e salgados para vender na praça. *É uma taxa abusiva, o que cobra a bruxa* – ele dizia a quem quisesse ouvir. *Ah se Leonor fosse viva! Apesar da sua candura, era firme, mulher de fibra e que fibra!* Torcia as mãos, ambas frente a frente, como se esticasse um cipó. Depois deixava-as cair sobre o colo, inertes, com a respiração ofegante, como se tivesse feito grande esforço.

Mas o que se comentava é que o Quim já não sabia mais lidar com as economias, com o dinheiro, como antigamente. Perdera a noção de valor. Caducava. E eu sabia que estava, mesmo, ficando meio lelé – meio pepé, como diziam os italianos –, porque vivia repetindo a mesma história para as mesmas pessoas, embora as tivesse visto no dia anterior ou mesmo horas antes. Eu achava estranho. Hortênsia quem havia alertado, entre suspiros:

"É, o velho Quim já não é mais o mesmo! Está caduco, esquecido, marrento! Difícil de lidar!"

E estava mesmo. Esquecia-se de limpar os vasos, quando as flores murchavam. Descuidava da correspondência, das necessidades dos hóspedes. Com a morte da mãe, a tarefa havia dobrado para Hortênsia, que muitas vezes apelava a mim: *troque as fronhas do número quatro. Faça as camas e troque as toalhas do doze. Leve uma garrafa de água sem gelo para o oito.* E lá ia eu, bufando, fazer o que me pedia. Eu bufava, calcava o pé nas escadas, com estrondo, mas ia. Já tinha ouvido centenas de vezes: *agora sua mãe não está mais aqui conosco na Terra, lembre-se.* Sim, eu me lembrava, mas tinha dias que era bom esquecer. Que Deus tinha sido injusto. (E, por via das dúvidas, eu me persignava quando pensava assim). Que o pai tinha sido um canalha. Que o Alceu devia ter levado a mãe à morte, apesar de parecer ser um bom sujeito. (Eu queria ter visto o Alceu imitar a Carmen Miranda: *tchica tchica bum!* Eu queria ter visto o Alceu e a mãe dançando o *twist*, lá em Avermelhados – os joelhos para dentro e para fora, aquele arrastar frenético de pés, o tronco todo em movimento). Mas, como dizia o avô, este estava ali ao meu lado, *firme e forte* e era preciso virar a página, pois eu tinha toda uma vida pela frente. E era quando via Cleo na escola ou na praça que me lembrava disto.

Estava bastante enamorado de Cleo. Pensava mais nela do que devia. Quando ouvia algum programa de rádio que mencionava um par amoroso, pensava em Cleo; em crescer e namorar a Cleo, casar com ela. Ter uma vida com ela. Porque continuava a única a me entender e a me dar atenção, na escola. Com os meninos, não dava muito para conversar, mas com ela, sim. E resolvi me abrir com a minha adorada, um dia, à tardinha, no banco da praça. Falei do diário da mãe, de seu segredo, do Alceu, de tudo, enfim. E foi quando ela disse, de um modo até casual: *sua mãe morreu porque perdeu o nenê. Você sabe.* Fiquei olhando-a, sem entender; mas não quis admitir que não sabia de nada. Apenas disse: *hã hã* – parecendo afirmar e esperando que continuasse, os olhos fixos nos dela. Sob o meu nariz, o sangue mal cheiroso no quarto, em seu leito de morte. Ela continuou, com um gesto casual, o punho sustentando a pequena mão que se agitava no ar:

"Então, se tivesse ido a um hospital, talvez não tivesse perdido o nenê. Mas, disse a mãe que foi numa *curiosa.* A minha mãe e aquela mulher de São Paulo que trouxe sua mãe conversaram, em casa. Parece que foi isso. Sua mãe foi numa, hã, *curiosa.* Quando deveria ter ido ao hospital, eu acho. Não sei bem. A mãe comentou com a mulher de São Paulo que essas tais... hã... *curiosas* sempre acabam fazendo a coisa mal feita."

Perguntei, engolindo em seco, angustiado: *que coisa?* Cleo arregalou um pouco os olhos, fitando-me um tanto incrédula: *aquilo, de tirar o nenê! Não lembro o nome. Tem mulher que perde, assim, de um jeito natural e tem mulher que vai tirar, se não quer ter o nenê. A mãe disse para aquela vizinha de vocês que, hoje em dia, infelizmente, é algo muito comum.* Fiquei olhando os bicos dos sapatos. Eu queria entender. A mãe estava grávida e havia tirado o nenê. Adoecera. Morrera, então, por isso. Não havia ido a São Paulo cuidar das tais questões pendentes. Havia mentido. E o avô sabia, menos eu. Sempre eu, o enganado. A mãe tivera enjoos, vomitara naquela madrugada – o começo de tudo, ao menos para mim. Grávida, tinha ido numa *curiosa*. A tal Rosário, de Jacutinga, muito provavelmente havia indicado alguém em São Paulo – eu não conseguia lembrar bem da conversa entre elas. Haviam mencionado um lugar em São Paulo. Ou podia ter sido a dona Joana, a antiga vizinha e que trouxera a mãe de volta e tinha até comparecido ao enterro. A que conversara com a mãe de Cleo. Todos sabiam dos fatos, menos eu – lamentei. De qualquer modo, não fosse tudo isso e eu teria um irmão ou, uma irmã – de um desconhecido. De quem? De quem a havia violentado e a quem havia cedido, conforme estava no diário. O tal ELE. E, saberia o OUTRO, ou seja, o Alceu? Fiz uma casinha com as duas mãos e tapei a boca, a cabeça baixa, imóvel, surpreso e tentando raciocinar, montar aquele resto de quebra-cabeças.

Cleo pegou minha mão:

"Mas você sabia disso, não sabia? Eu ouvi escondido, parecia que a mãe falava em segredo; mas, você, achei que sabia... não sabia?"

Encarei-a, envergonhado e devo ter corado; fiz um não com a cabeça. Ela me fitou aflitivamente, estarrecida e tapou, por sua vez, a boca: *Tomás! Achei que seu avô tivesse te contado. E agora?* Respondi automaticamente: *não sei. Acho que preciso conversar com o avô*. Cleo ainda disse algo, mas mal ouvi, olhando ao longe, vendo o avô num banco próximo, conversando com outro idoso. Segurava a bengala, inútil, entre as pernas e balançava-a ao acaso – os dedos já meio tortos pressionados na ponta do bastão –, como sempre fazia, assim que se sentava. Tive um sentimento ruim. Todo mundo sabia do ocorrido, da causa da morte da mãe, até a Cleo, a dona Nicota e provavelmente Hortênsia, Avermelhados e todo o Vale das Montanhas. Menos eu. Ficamos um tempo em silêncio, Cleo e eu – eu com minha mania de dar chutes no ar. De repente ela disse, sôfrega, como que se lembrando de algo importante: *por favor, não diga ao seu Quim que fui eu que contei...* Fiz que não, veementemente. Até que o avô, que devia ter olhado as horas, gritou, balançando a bengala no ar:

"Tomás! Janta! Vamos?"

O avô raramente descia para a praça, antes da morte da mãe. Mas havia estreitado amizade com o seu Nonô, vizinho do hotel, homem de seus sessenta anos e que o chamava para uma carona, num jipe verde com porta de lona baixa e marrom, a fim de descerem montanha abaixo. Não raro batia nas costas do avô, dizendo: *e aí, Quim! Como vai essa fortaleza?* E eu ia junto – os três apertados, aos solavancos, no carro que ia sacolejando todo o tempo –, quando então não descia com Hortênsia para a venda dos quitutes. Às vezes íamos lá para os lados do cemitério, quando então o avô depositava flores no túmulo da mãe e o seu Nonô, no da sua falecida. Ajoelhavam-se, rezavam por um bom tempo, em silêncio. Eu ficava ali por perto, as mãos enfiadas nos bolsos, a cabeça baixa, rondando, rondando, espiando outros túmulos, fitando o céu muito azul, subindo e descendo dos muros baixos. Ainda não haviam feito a placa de bronze que o avô encomendara e, no topo da pedra cinza, fincada no túmulo, ficara um retângulo de gesso vazio, que depreciava um pouco o lugar. O lugar que devia ser sagrado. Eu olhava em volta e queria entender quando eu também iria parar ali, em meio às árvores, ao bronze, aos vasos de flores e os gatos que se esgueiravam pelas alamedas. O avô dizia que havia gavetas para a família toda e eu achava estranho falar em gavetas para os mortos. Gavetas. Era onde eu guardava as meias, as roupas de baixo, os casacos de frio, em casa. Morto não era objeto para ficar em gaveta. Enfim... O avô já dominava muito bem o português, para inventar palavras que não fossem do nosso vocabulário.

O avô e seu Nonô, no mais das vezes, papeavam um tanto ali na praça, encontravam um conhecido para trocar ideias e, às vezes, jogavam o dominó e logo voltavam para trás. Naquele dia voltei, mudo, com o avô e o seu Nonô; mudo, pensativo e cabisbaixo. Desconfiado. Determinado a pôr tudo em pratos limpos. Ensaiava um começo, mas me parecia ruim e ensaiava um outro. Eu não queria perturbar o avô, provocar a ira ou a tristeza do velho Quim. Não queria nem mesmo constrangê-lo, obrigando-me a dizer algo que havia, por alguma razão, escondido de mim. Para quê? E, por que havia agido de tal modo? Para me preservar? Por que eu era criança? Não era mais um meninote – iria fazer treze anos em aproximadamente um mês, após o Ano-Novo!

Na pousada, o avô começou por abrir com um canivete a correspondência – pouca – sobre a mesa. Sentei-me do lado oposto e fiquei observando-o, afundado na cadeira, fingindo tirar coisa preta por debaixo das unhas. Logo apareceria Hortênsia e nos mandaria lavar as mãos para jantar. Já se podia sentir o cheiro da sopa de verduras com batata no ambiente. Eu precisava ser rápido. Mas, refleti, por que perguntar ao avô algo que eu já sabia? Se a mãe estivesse ali, diria: *para quê perturbar a paz do seu avô, que já está velho?* O que me intrigava era se ele havia lido o diário da mãe e visto aquele JAMAIS – e sabido que um homem havia abusado da mãe; que o nenê nem era do Alceu. E que ela havia ido fazer o serviço numa *curiosa* e não num lugar *higiênico e recomendado*, como dissera o avô, na conversa – sim, eu me lembrava bem disto, porque no carro havia ainda tentado juntar as coisas. (Embora muitas outras, eu o sabia, haviam escapado da minha compreensão, quando daquela conversa do avô com a mãe). E, se escondiam os fatos de mim, a mãe também havia achado por bem esconder um segredo do avô. Era uma vida difícil, aquela; nem tudo, no mundo dos adultos, podia ser dito espontaneamente – refleti.

No momento, eu também refreava as ideias, para preservar o querido avô. A mãe havia feito o mesmo – poupado o velho Quim. Acho que eu estava me tornando um adulto, pensei. Refleti, ainda: o que iria mudar, se colocasse o avô contra a parede? *Não me contaram nada*, eu choramingaria e ele diria: *foi para te poupar, meu filho.* Era isto: eu já sabia a resposta. E, se o Quim havia lido o diário e tinha sobrevivido ao que estava escrito ali, de que adiantava, agora, como dizia a mãe, chorar sobre o leite derramado? Decerto o avô havia lido o diário. Não era possível que, naquele dia, quando veio o Alceu, não tivessem aberto o armário e, fuçando ali, descoberto o caderno. Foi então que perguntei, de supetão, sem pensar mais, esquecendo-me de todos os começos de conversa que preparara anteriormente, empertigando-me e debruçando um pouco sobre a mesa, esticando os braços na direção dele:

"Vô, o Alceu, naquele dia de chuva em que esteve aqui, ele levou o diário da mãe, um de capa rosa, que estava dentro do armário?"

"Diário? Levou um caderno, de capa rosa. Não sei bem, estou fraco da vista. Pelo peso, quando o passei a ele, era um álbum de cartões-postais. É isto; não devia ser um diário, mas um álbum de cartões-postais. Sei, porque ele me mostrou um da França, que havia enviado à Leonor, e estava solto no caderno. De Paris. Ah sim, agora tenho certeza: era mesmo um álbum de cartões-postais. Ou não era? De qualquer modo, o Alceu quis levar, deixei. O que iríamos fazer com aquilo? Foi só o que quis, além de um anel de água-marinha que havia dado à sua mãe – para guardar de recordação. Aro fino de ouro, coisa simples mesmo, nem deve valer muito. Mas, Tomás, que história é essa de diário que foi inventar?"

O avô não esperou resposta; estendeu a palma da mão sobre a mesa e ergueu-se, com dificuldade, gemendo um pouco, baixo – como sempre fazia quando o gesto requeria esforço. Fitou-me, sorrindo e havia uma alegria quase infantil e muito cândida em seu olhar:

"E, agora, meu rapaz, vamos lavar as mãos, que está na hora da nossa deliciosa janta."

E passou a mão sobre os lábios, como se houvesse um resto de saliva, ali. Havia sido esse, o nosso diálogo, naquele começo de noite. Eu me dei por satisfeito. Quem sabe um dia, pensei, antes de dormir, eu teria uma conversa franca e cara a cara com o avô Quim, já que estava me tornando, também, um adulto. Ele diria o que sabia e eu colocaria, também, o que havia lido no diário da mãe. Ele saberia da existência do diário. Eu conheceria a sua versão dos fatos. Quem sabe, até, me contaria sobre aquele terceiro homem, o ELE, que fizera parte da vida de minha mãe. Mas, passado tanto tempo, quem sabe preferisse fazer como eu: deixaria a vida seguir seu curso, sem entrar em detalhes penosos, que em nada favoreceriam a ninguém. Adormeci, naquele dia, com certa facilidade, sentindo a consciência mais leve. No entanto, ao acordar, a figura nítida de meu pai apareceu à minha mente; enfiei a cabeça embaixo do travesseiro, angustiado e evoquei a figura do avô. Sim, mais para frente, era preciso uma conversa com o avô.

O que, diga-se, jamais aconteceu.

Um pouco antes do Natal, montamos a árvore perto da mesa de refeições, num canto próximo ao corredor que ia dar na cozinha. O avô trouxera a caixa de enfeites coloridos que usávamos todos os anos para ornar a árvore – sempre natural, de porte médio, comprada dos comerciantes que se embrenhavam em algum mato para cortar as pobres e arrancá-las do solo ainda mesmo muito jovens e, para quê? Para enfeitar as salas das famílias por alguns dias, apenas. Depois, eram jogadas no lixo sem piedade e sabe-se lá onde iriam parar, secas, já sem vida. Ah, eu nem sabia se devia, mas pensava naquilo, talvez imbuído do espírito prático e consciencioso de minha mãe.

Passamos boa parte da tarde colocando, um a um, os enfeites no pinheirinho. Lembramos daqueles os quais a mãe mais gostava: uma casinha amarelo-claro de teto vermelho; uma bola enorme e verde, reluzente; a ponta, comprida, com a estrela que ficava no topo. A mãe, mesmo simpatizante do comunismo, não havia desprezado os rituais natalinos. Todos os anos montava, com visível prazer, o presépio – mas nós, naquele ano, havíamos decidido não fazê-lo, por falta de espaço. E fez-nos bem recordar das preferências da mãe. Enquanto eu colocava as fitas prateadas que imitavam neve, em volta dos galhos da árvore, o avô até se lembrou da farofa com ameixa e nozes picadas que ela preparava, àquela época, na véspera, e que comíamos com arroz branco, o que deu ideia à Hortênsia de tentar lembrar da receita. Esta se comprazia em nos ver montar a árvore e, vez ou outra, trazia uns biscoitos com limonada para a sala. Quando nos erguemos do chão – o avô com certa dificuldade, gemendo um pouco, pois os joelhos pioravam a cada dia –, ela juntou as mãos como criança feliz e exclamou, em verdadeiro êxtase:

"Que beleza!"

CLEO

Em férias, sem contato com Cleo, eu me perguntava se já havia montado a árvore de Natal. Era raro aparecer em sua casa, ela sempre envolvida com as meninas da mesma idade e as brincadeiras, quase sempre de casinha – quando então se vestiam como senhoras e seguravam as bonecas como se fossem filhos, seus bebezinhos. Davam-lhes comida de mentira, trocavam suas roupas e reclamavam, com desgosto, que faziam xixi a toda hora, molhando as fraldas. Já havia sido convidado para ser o marido, mas brigaram entre elas, pois Cleo reivindicava o direito, sendo eu seu melhor amigo, o que havia sido compreendido pelas demais como injustiça. Tiraram na sorte e Cleo vencera, eu seria o seu marido e, os das outras garotas, seriam de mentirinha. Invisíveis. Eu ficava enxabido, sem jeito e só aceitei porque tive curiosidade de ver como era a brincadeira e também para ficar ao lado da minha amada. As que ficaram sem marido recortaram das revistas os artistas preferidos e colocaram em pequenas molduras de papelão. Eu disse, apontando o doutor Kildare, que era um personagem de um seriado americano da televisão e que estava sobre a poltroninha de uma delas: *seu marido é médico?* Ao que ela disse: *não! Mas ele é bonito. Loiro, alto, olhos azuis...* Ela juntou as mãos e fez uma expressão de enlevo. A foto da moldura não mostrava nada daquilo, em preto e branco. E eu disse:

"Mas, o doutor Kildare é médico."

E ela:

"Mas, meu marido, eu quero que seja engenheiro, como meu pai."

Ela fazia bico. Eu não a contrariei. Para quê? Naquele mundo de faz de conta, valia tudo. Não adiantava apelar para a razão. Eu mesmo fazia com que os índios, o mais das vezes, matassem os homens da artilharia montada. Os índios tinham boa pinta, sempre com pintura e penachos, franjas nas roupas e pareciam ter melhores cavalos que os brancos, nos filmes. E pareciam levar uma vida melhor, vivendo em cabanas e pescando no lago com arco e flecha. As mulheres eram bonitas, com tranças longas, os olhos puxados. A mãe, quando me via brincar, parecia aprovar que eu ficasse do lado dos índios. A mãe estava sempre em defesa dos índios brasileiros, quando havia alguma notícia a respeito. Achava pena que as aldeias estivessem sendo dizimadas, como vinha acontecendo. Quanto a isto, o avô se colocava do lado dela, pois dizia que o direito à terra vinha, primeiro, deles, que aqui estiveram antes. Antes do homem branco. A mãe fazia troça: *que pensamento, para um estrangeiro, um europeu!* Ao que o avô respondia, muito sério, que já se sentia brasileiro e há muito.

Num daqueles dias em que estive na casa de Cleo, antes do Natal, vi na parede do quarto uma foto sua, vestida de dançarina de frevo, tirada durante o último Carnaval. Ela empunhava com graça um guarda-chuvinha colorido, cheio de listras verticais. Usava sapatilhas com fitas, que se prendiam aos tornozelos e mantinha – o que me pareceu, sem nenhum esforço – os pés de lado, como o fazem as frevistas. A boca estava em vermelho, as bochechas também e os cabelos presos em tranças, como gostava a dona Maricota. As fitas das tranças, amarelinhas, eram de cetim e da mesma cor das sapatilhas. Nas mãos, luvinhas rendadas cheias de buraquinhos – creio que por causa do calor.

No Carnaval, o calor era insuportável, queixava-se o avô. Disse-me, certa vez, em São Paulo que, em fevereiro, na Europa era um frio de cão e, não raro, nevava. Eu ansiava por conhecer a neve e ele sorria, melancólico: *para mim não dá mais, mas quem sabe sua mãe daqui uns anos possa ir com você para Paris. Vai conhecer o Louvre, as Tulherias, a avenida larga chamada* Champs-Élysées. *A torre* Eiffel. *Comer* croissant, *sentar-se em um aconchegante café e tomar um chocolate quente, vendo as pessoas passarem por você, nas calçadas.* E descrevia, para mim, o que eram os cafés parisienses, com os músicos de rua tocando ali próximos. Descrevia o Sena, com os largos calçamentos ladeando o rio, onde as pessoas pintavam quadros, tomavam sol e tocavam instrumentos. As mulheres não eram pudicas como aqui no Brasil, que só se liberavam no Carnaval; as mulheres tomavam banho de sol praticamente nuas, com os seios de fora, em toalhas e espreguiçadeiras que estendiam próximas ao rio. Eu ficava imaginando a mãe tomando sol ali, os seios de fora e o pai arrancando os cabelos de desgosto. Também não conseguia imaginar Hortênsia, gorda e peituda, tomando sol à beira do Sena. No entanto, eu conseguia me imaginar ali, à beira do grande rio, ouvindo música e observando os passantes e contava para os meninos, animado, que um dia eu iria a Paris tomar banho de sol junto ao rio Sena. E, claro, contava sobre as mulheres. Eles morriam de inveja com os detalhes e alguns desconfiavam se o avô mentia ou não. Prudente, eu pedia:

"Não perguntem aos seus pais sobre essa história de mulher pelada, ou vão dizer que o Quim é depravado! É melhor acreditar nele. O avô não tem o hábito de mentir."

Enjoei logo nos primeiros minutos da tal brincadeira de casinha. As meninas acalentavam as bonecas no colo, fazendo bicos de compaixão e o olhar terno, mimando-as, e logo vinha uma canção:

"Dorme nenê,
Que a Cuca vem pegar
Mamãe está na roça,
Papai no cafezal."

E outra:

"Boi, boi, boi!
Boi da cara preta,
Pega este menino
Que tem medo de careta!"

Pobre nenê, eu pensava! Dormir com uma canção ameaçadora dessas, abandonado! E logo em seguida elas jogavam os pequenos embrulhos sobre o chão, como se não fossem mais seus filhinhos adorados e punham-se a cozinhar de mentira em panelinhas minúsculas. Eu apenas achava interessante um pequeno fogão de metal, muito parecido com os de verdade. E elas competiam, entre si; uma dizia que havia ganho o jogo de panelinhas no Natal, que pedira na loja ao Papai Noel e que, de fato, ele havia trazido direitinho o seu pedido. A outra dizia: *ganhei uma boneca de cachos, que mexe as pernas e os braços e vem com chupeta. Mas a mãe quer que fique na caixa. Por isso não trouxe.* As meninas, então, murmuravam um *oh*, comprido, de decepção. E Cleo, balançando um pouco a cabeça para os lados, como garota mimada: *meu pai vai trazer um bebê loiro da Argentina, de olhos verdes. Está no cartão-postal. Ele está vindo de navio. Vou colocar nele o nome de André. Vai ser meu primeiro boneco.*

Só tenho meninas! Eu queria ver aquele boneco. O pai de Cleo tinha um bom emprego, não traria qualquer coisa. Teria sexo, o tal boneco? Não, constatei mais tarde. Para minha decepção, ainda não faziam bebês com sexo definido.

E se não eram as bonecas, eram as roupinhas ou as panelas ou, ainda, os jogos de roda no quintal. Eu já me achava grande para brincar de roda, então ficava num canto, sob a jabuticabeira, observando. E, claro, mastigando as jabuticabas, com gosto. Elas faziam roda, davam-se as mãos e cantavam, arrastando os pés para os lados com vontade e girando:

"Roda, roda, roda!
Pé, pé, pé!
Roda, roda, roda,
Caranguejo peixe é!"

E tinha aquela, que me intrigava, por causa da sorte do rapaz:

"Eu fui no Itororó
Beber água e não achei;
Achei bela morena
Que com ela me casei."

E, nesse momento, diziam o nome de alguma delas e a colocavam no centro da roda: *ó Mariazinha, ó Mariazinha, entrarás na roda ou ficarás sozinha!* E havia uma triste, que me partia o coração cada vez que a ouvia, que era assim:

"O cravo brigou com a rosa
Embaixo de uma sacada;
O cravo, ficou doente
E a rosa, despedaçada."

Para mim, eram o pai e a mãe – uma briga que jamais teve volta. Teria o pai ficado doente? Eu não sabia. Nunca mais soube do pai, nem mesmo em adulto. No entanto, a sua figura me persegue, muitos anos depois do ocorrido, quando então acordei de manhã e vi a mãe chorando, na cozinha e o avô tentando consolá-la. Eu podia chorar, era criança, mas ver a mãe naquele estado, em prantos e sendo consolada pelo Quim, dava um nó no peito sem tamanho.

O que eu gostava era de bater corda; toda garota que se prezasse tinha uma corda, dessas de uns cinco metros. Seguravam-na nas pontas e as meninas entravam embaixo dela, até mesmo duas de cada vez:

"Vagalhão, ão, ão
Quem não entra é um bobão!
Abacaxi, xi, xi
Quem não sai
É um saci!"

Eu nunca tinha visto um menino brincar de corda e, como dizia a mãe, eram uns *machistinhas*. E que, por causa deles, eu não devia seguir exemplo e sim fazer o que desse na telha. O avô me apoiava; na França, dizia, mesmo os meninos pulavam a corda, brincavam de casinha, sem pudores, porque tudo era mesmo só brincadeira, então que viessem os jogos, as brincadeiras – e piscava para a mãe, cúmplice. Se gostava de corda, que batesse e pulasse a dita cuja! A mãe jamais havia estado na França, então eu não sabia se essas ideias que me lançavam eram apenas para corroborar o meu desejo. Mas eu tinha uma imensa fé no que me diziam. Eram meus exemplos a serem seguidos; sim, eu tinha um grande afeto por eles, mesmo o avô ranzinzando e às vezes judiando de mim para que aprendesse os nomes dos santos, dos anjos. Aquilo podia ser uma brincadeira agradável, mas às vezes era uma tortura.

O avô tinha uma lista e me dava para decorá-la. Eu gostava do nome dos Arcanjos, citados pela Bíblia, segundo o avô (ele dizia que o resto era invenção popular – cuspia, entre dentes: *Ariel? Não houve um Ariel!* E levantava os punhos para o alto, como que pedindo a confirmação dos céus, de Deus). Eram os Arcanjos, então, os chefões, na hierarquia, e que o avô me fazia decorar e, às vezes, ficava estático à minha frente e perguntava, de supetão: *os Arcanjos?* E eu, apertando as pontas dos dedos e contando, enfaticamente: *São Miguel, São Rafael e São Gabriel.* E ele, balançando o indicador: *isto. Muito bem. Três, apenas três!* Nossa, eu me dizia, por que a defesa inflamada, que mais parecia uma questão de honra? Bom, o avô gostava de ser visto como um bom católico e essa era a única explicação que eu tinha para os seus arroubos. A sua reputação, diante do que veemente cria.

Nos momentos de dor, o avô dizia para apelar para São Rafael, cuja santidade se relacionava com a cura. Mas ele nunca me disse por quê. E o avô falava com tanta convicção da existência dos anjos e do Anjo da Guarda, que eu acabava por acreditar que de fato existiam, embora a mãe jamais tivesse apoiado as palavras do avô. Claro. Claro, mas eu não entendia bem por que comunistas e socialistas não aceitavam os dogmas da Igreja. De qualquer modo, o avô sempre dizia, muitas vezes antes de eu sair para a escola: que o Anjo da Guarda lhe proteja, meu filho! Mas, mesmo pedindo, às vezes eu levava um soco ou um pontapé no recreio, de algum menino que devia ter como protetor, seguramente, o Diabo, que, segundo o avô, era um anjo, também, só que havia renegado Cristo. Ele falava em anjo caído. Seria o Diabo um anjo que perdera as asas e ganhara um rabo, com uma estranha flecha na ponta, como eu via nas ilustrações? Eu teria que me lembrar de perguntar ao avô, dizia-me. Mas sempre esquecia daquilo.

Eu achava interessantes os Querubins, com suas faces rechonchudas e rosadas, sempre com a expressão simpática – ao menos nas gravuras que o avô mostrava. Porque o Quim era um colecionador de gravuras de anjos; podiam ser recortes, alguns eram reproduções de aquarelas e havia toda sorte de detalhes de capelas, exterior e interior de igrejas, principalmente as da Europa e, particularmente, da França. Claro. O avô se dizia brasileiro, mas era um apaixonado das coisas da França. Tanto que todos os dias tomava seu gole de vinho, às refeições, estalando a língua de prazer. A mãe, raramente, quando viva, acompanhava-o, mas sempre dizia, mostrando um dedo: *só um tiquinho, um tiquinho só, Quim!* E ele: *vinho só faz bem, traz força, vida longa!* E empunhava no alto a garrafa, como se elevasse com orgulho a taça da Copa de futebol.

O avô dizia que o anjo que havia expulsado Adão e Eva do Paraíso, no Jardim do Éden, não era um Arcanjo e, sim, um Querubim. Pois os Querubins eram considerados os guardiães do trono de Deus. Tentava imaginar Deus num trono e me vinham à mente as gravuras que havia visto, nos livros de escola, dos reis com suas capas e cetros, os sapatos com salto e fivela, o manto longo. Os cabelos compridos e cacheados, caindo em cascata. E não combinavam com as imagens que eu via nas igrejas, na capela de Avermelhados. E, no mais, vários reis apareciam ao lado de rainhas. Mas, Deus, dizia o avô, era único. E nós, éramos seus filhos. E eu dizia: *mas outro dia o senhor falou que éramos filhos de Cristo!* E ele, sentencioso: *não se esqueça que Deus e Cristo são um só*! *Mas*, repliquei, *a professora de catecismo disse que Deus mandou seu filho à Terra, para nos salvar.*

Sim, dizia o avô, sem perder a calma: *Jesus é a materialização do espírito de Deus. Ele se fez carne.* E eu, então: *mas Cristo não recorreu a Deus, quando ia ser sacrificado, ali com os pregos, já na cruz? "Ó pai, por que me abandonaste?"* Não disse isto? E ele: *disse; disse, sim; não esqueça que, Deus está em todos os lugares, por isto é onipresente.*

Refleti: *estava morrendo aqui, e comandando do céu?* O avô fazia que sim e me lembrou: *mas, Cristo morreu e ressuscitou. Ele, que fazia levantar os mortos. Que andava sobre as águas. Que transformava água em vinho. Que realizou o milagre dos peixes. Como não iria escapar de um milagre?*

Nossa, eu achava, por vezes, principalmente nos meus dez, onze anos, Deus fabuloso. E me lembrava dos gibis do *Superman*, que adorava – e que, com sua capa, era capaz de voar como um anjo, mesmo sem ter asas. E de Mandrake, que, nos momentos cruciais, sempre dava um jeito de realizar o impossível, usando a cartola e a vara mágica. O sentido do milagre, a possibilidade da mágica, sempre me acompanharam. Apenas quando a mãe morreu, fiquei decepcionado, então, um pouco, com o que o avô sempre dizia. Porque na minha cabeça, Deus não era, não podia ser injusto. Quando a mãe estava doente, Hortênsia exclamava, em suas orações, na cozinha: *Deus, por misericórdia, faça um milagre!* Mas ele não havia feito era nada. Isto é, havia levado a alma da mãe – e me entristecia pensar no corpo apodrecendo embaixo da terra, ela, tão bonita e jovem. Mas quando comentei isso com o avô, ele disse: *afaste tais pensamentos, quando vierem. A alma é imortal. É ela que conta. Então pense na vida de sua mãe prolongada pela existência da alma.* Bem, era um consolo. E Hortênsia, então, sabendo da noite mal dormida, dizia: *não se dá trela ao Diabo! Eis uma coisa que deve aprender*! No entanto, à noite, influenciado por algumas histórias dos livros, vinham-me à mente os vermes entrando e saindo do nariz, dos ouvidos da mãe. Não era uma imagem nada bonita, nem tranquilizadora, diga-se.

Nesses dias, tinha pesadelos. Aliás, passei semanas tendo-os, o que fazia com que o avô fosse até o quarto me acalmar. Mas, quando eu voltava a fechar os olhos e tentava dormir novamente, as imagens voltavam. Eu suava em abundância e por vezes o avô chamava por Hortênsia, que aparecia, sonolenta e com ar resignado, para trocar o pijama. O avô comentou, então, certa vez, na praça, com os colegas de dominó: *muito triste, para uma criança, perder um ser amado. O cérebro ainda não está maduro para enfrentar a dor da morte. Se a perda já é terrível para um adulto, com a vivência, imaginem para uma criança, ainda em formação!* Acariciou-me os cabelos e beijou-me a testa. Na minha opinião, o avô sabia, mesmo, das coisas.

Decidi que não brincaria mais de casinha com as meninas. Além do mais, eu não era muito respeitado como o marido de Cleo. Algumas meninas pegavam no meu braço, queriam mandar em mim. Duas delas falavam aos gritos e ao mesmo tempo, um tanto histéricas. Disputavam os nomes dos filhos, dos maridos, do espaço ocupado ali no quarto. A melhor hora era quando a dona Nicota aparecia e pedia que fizéssemos um intervalo para tomar um achocolatado e comer uma fatia de torta de maçã, que ela mesma havia preparado. A dona Nicota jamais fora freguesa da mãe, tida também como ótima doceira. Mas o melhor doce de leite da região, todos comentavam, era mesmo o feito por minha mãe. Ela colocava a massa quente sobre a pia e cortava-os no mármore. Era bom derretê-los na boca ainda morninhos, apesar de Hortênsia viver dizendo que um dia eu ainda teria dor de barriga por causa daquilo. Outra hora boa era quando Cleo, na brincadeira, se fazia de acamada e eu, como seu marido, tinha que providenciar o seu bem-estar. Eu lhe trazia chás e enfiava o termômetro em sua boca; arrumava atrás dela um travesseiro invisível. E, claro, pegava-lhe a mão e dizia, com certa ternura, que o doutor estava a caminho. Ela aproximava o rosto e dizia, grave: *já estou melhor, meu marido.* E dava-me um beijo tímido na face.

Era um alívio chegar em casa e topar com os soldadinhos, os caubóis, índios e toda a caravana montada ali sobre o topo da estante, no quarto. Assim como abrir um livro de histórias – como *O Príncipe e o Mendigo*, que eu estava terminando –, em silêncio e ficar me deliciando com a leitura – as aventuras, o que viria a seguir. A mãe tinha razão: ler era mesmo um grande prazer. E o avô também tinha razão: ir ao cinema era outro grande prazer – mas raramente eu ia a Avermelhados para uma sessão de cinema. Os adultos iam mais vezes, livres como eles só. Anos mais tarde eu me lembraria dos comentários do avô e das pessoas que frequentavam a nossa varanda, em papos sobre cinema. Cenas inteiras eram descritas por eles, com entusiasmo, que depois eu tivera a oportunidade de ver e relembrar o contexto em que apareciam. Armado das duas grandes preferências do avô e da mãe, sigo este caminho: sirvo-me da arte, para espantar o tédio, para fazer o meu cotidiano mais saboroso. Que grandes legados – penso, sempre, com enorme admiração por eles.

DESPEDIDA

O avô tomou algum distanciamento, observou o pinheirinho enfeitado, reluzindo e aprovou, cofiando a barba. Eu apenas lamentei o hotel estar vazio, sem hóspedes, ainda, para apreciá-lo e, claro, lamentei também a falta da mãe. A mãe gostava do Natal, de toda aquela preparação que antecedia o dia santo. O avô disse, esfregando as mãos ressequidas, de contentamento:

"Acho que a Leonor diria que fizemos um bom serviço!"

E, piscando para mim, deu uma daquelas suas risadinhas meio roucas, curtas. Ainda ficou um bom tempo ali em pé, empertigado, as mãos enfiadas nos bolsos, apreciando o pinheiro todo enfeitado de badulaquezinhos, as luzes acesas, tremeluzindo. Apenas comentou: *faltam os pacotes dos presentes, que vão dar um bonito colorido e preencher o espaço de baixo do latão com algum sentido; mas é cedo para isto, ainda.* E piscou novamente para mim, o olhar maroto. O que eu daria ao avô? Refleti. Com a morte da mãe, eu não ganhara mais mesada. Mas, se o Quim perguntasse e me deixasse à vontade, eu já sabia o que iria pedir: uma vitrola ou, uma bicicleta. Não ousava pedir um piano – sabia ser um presente bastante impossível.

E, na verdade, eu já estava esquecendo até que um dia começara a aprender a tocar. Ao menos, vi-me livre das tais valsinhas, eu que as detestava – achava que era coisa para meninas –, mas a dona Mimi sempre insistia que, quem quisesse aprender música, teria que começar por ali, pelas valsinhas. Ninguém saía tocando um Noturno de Chopin logo de cara. E havia as escalas e as aulas de solfejo – duas coisas muito chatas. A mãe dizia: *são os espinhos da rosa, filho.* Eis algo que aprendi ao longo da vida e lembrava sempre das palavras da mãe; nada, mesmo, vinha completamente de graça, ou seja, numa medida redondamente certa, perfeita. Não, a vida não era, mesmo, perfeita. E podia, muitas vezes, ser cruel nessa mania de contraste e de casamento entre o bom e o mau.

Naquela mesma noite, logo depois da janta, o avô foi fumar na varanda. Eu brincava sobre a mesa com o baralho, jogando paciência e não quis interromper o jogo, atento. No entanto, assim que ouvi o som da flauta – música de Noel Rosa, certamente –, larguei tudo e corri para a varanda. O avô gostava de Pixinguinha, de Noel, Cartola. A de Noel falava assim: *com que roupa/ eu vou/ ao samba que você/ me convidou.* E enquanto o avô tocava, eu cantava a letra. E tocou, nesse dia, do cancioneiro popular, a musiquinha de que eu mais gostava, porque já havia tentando aprendê-la na flauta – era facinha!

"Vem cá, Vitu,
Vem cá, Vitu,
Vem cá, vem cá, vem cá!
Não vou não,
Não vou não,
Não vou não!
Tenho medo de apanhar!"

O avô estava entusiasmado. Por causa do Natal, lembrou-se de algumas canções de época, principalmente as da sua infância e ali, pôs-se à vontade, o ar bonachão, na espreguiçadeira preferida. Ah essa espreguiçadeira! Se algum hóspede a tomava antes dele, ficava emburrado que nem menino. A mãe ia gentilmente falar com o dito cujo, para dar lugar ao avô. E emendava, baixo, para o Quim não ouvir: *sabe como são os velhos, depois que adquirem uma certa idade, ficam que nem criancinhas, novamente.* A pessoa pedia logo desculpas e ia se sentar em outro lugar. O avô, então, parava de bufar e se acomodava ali, sem cerimônia e também sem olhar na cara o sujeito, como se este lhe tivesse feito um desaforo. O avô, às vezes, era mesmo bem engraçado, com suas manias!

A mãe gostava de contar essa história, que aconteceu antes mesmo de eu ter nascido. Ela, o pai e o avô tinham chegado no Vale das Montanhas, para as férias. Na varanda, o avô topou com um inglês, que estava numa pequena excursão de brasileiros para visitar o mosteiro. A mãe contava que, popularmente, era sabido que ingleses e franceses tinham lá uma velha rixa. Não se topavam, enfim. E o avô, assim que foi apresentado ao inglês, fechou a cara de imediato. A mãe achou aquilo muito feio, mas não disse nada. O inglês falava mal a língua portuguesa, mas entendeu bem quando o avô disse à mãe: *estou com saudade dos* croissants *lá de Paris.* E, o inglês: *e eu das torradas com manteiga, quentes, lá da Inglaterra.* Ao que o avô replicou: *ah, as torradas com manteiga! Fazem muito mal ao coração!* Ao que o inglês rebateu: *engana-se; os* croissants *é que fazem mal ao coração.* A mãe diz que o avô começou a implicar: *nós temos o hábito do vinho; os ingleses, do Scotch; mas todo mundo sabe que o vinho é melhor para a saúde, comparado ao uísque!* Ficaram num bate-boca durante um bom tempo. Finalmente, se retirando, o avô disse, puxando para os lados o elástico dos suspensórios: *até que esse inglês não é má pessoa... Mas tinha que se refestelar justo na* minha *espreguiçadeira?* Estava, então, justificado o mau humor do avô - e ria, a mãe, com a lembrança. Desde aquela época o Quim já possuía, então, o seu lugar sagrado na varanda.

A lua não aparecera, naquele dia. O lampião pendurado no mourão principal ficou aceso por um bom tempo, quando então o avô passou os dedos sobre a boca, como quem retira dali algum cuspe e, apertando a flauta numa das mãos, quis entrar. Ainda ficou um bom tempo, na saleta, lendo o jornal do dia. Mas, a mim, parecia que apenas passava os olhos, meio que fingindo que lia, porque eu o vi baixar o jornal várias vezes sobre os joelhos e encarar o vazio à frente, passando de tempos em tempos a mão na testa, puxando o lenço do bolso e reclamando do calor. Mas não estava calor. Até que deu um suspiro comprido e disse e eu ouvi bem, palavra por palavra, apesar de distraído com o jogo de cartas:

"Acho que vou deitar mais cedo, hoje. Isto está que é um silêncio só, sem os hóspedes, novamente. Antes do Natal, não vem ninguém mesmo. Todos trabalhando em ritmo frenético, para fechar o ano. Mas, para as comemorações natalinas e o Ano-Novo, devemos estar preparados. O mosteiro vai estar em festa, abrindo as suas portas. Devemos nos preparar. O sino vai tocar a valer no campanário. Os monges devem ter preparado potes e potes de conservas e doces, pães. O hotel certamente vai lotar. São vários, os pedidos. Para nossa sorte. Ô, Tomás, que falta sua mãe faz! Ah, sua mãe... O ano passado, a esta hora..."

Ele não completou a frase e vi de soslaio que a cabeça havia tombado, lentamente, sobre o tronco. Demorei alguns instantes tentando perceber por que o avô havia interrompido a conversa. Teria adormecido? Segundos depois, fixei o olhar na sua figura, vi que uma baba grossa escorria da boca para o peito e dei um grito. Corri até ele, chamando por Hortênsia, que demorou a vir porque já havia se recolhido. Fiquei ali tentando erguer o avô pelas axilas, chamando pelo seu nome, alternadamente com os gritos de apelo à Hortênsia. O avô ainda estava vivo quando a ambulância veio de Avermelhados. Mas nada mais se pôde fazer. O velho Quim, como o pai, ao ir-se para sempre de casa e, ainda, a mãe, também havia me deixado. O seu corpo repousa ao lado da filha, no pequeno cemitério do Vale das Montanhas.

Hortênsia não fez a receita de farofa da mãe, naquele Natal – embora eu tivesse torcido secretamente para que a fizesse. Apesar do luto. O seu Nonô, vizinho do hotel e que morava logo mais acima e que tinha o jipe, era homem simples; nos acolhera para a ceia, no dia 24, alguns dias depois do enterro do avô. Eu já não me encontrava mais tão triste e inconformado, ao ver a mesa farta. Ganhei uma pequena jamanta amarela da irmã do seu Nonô, que a retirou de debaixo da árvore – menos enfeitada e menos bonita que a nossa –, no canto da sala. Sobre a mesa, as iguarias; comi frango assado recheado com a farofa simples, deles, arroz com passas, maionese de batatas e pudim de chocolate de sobremesa. Tomamos refrigerante, suco de uva e espumante. O seu Nonô tomou um vinho rubro, encorpado, o que me fez lembrar do avô. Hortênsia, a certa altura, puxou-me pelo cotovelo a um canto: *olha o olho maior que a barriga!* Mas não estava zangada. Sorria, até, apesar da advertência. Supus que dali para diante, seria ela quem faria o papel da mãe, assim como do avô. A menos que entregasse a guarda, a minha educação, para a dona Maricota – a dona do hotel –, o que não fez. Para meu alívio.

O seu Nonô havia bebido bastante e chamava, cambaleando pelos cantos, o nome da filha, Gabriela. Constrangida, a irmã tentava ocultar tal comportamento, levando-nos para o terraço, porque o seu Nonô tinha isto – mesmo quando das noitadas, lá na varanda do hotel. Se bebia, começava a amaldiçoar o genro e a chamar o nome da filha: *meu doce, meu anjo de pureza, minha flor*. Ele e a mulher, a *falecida*, tiveram uma menina, que conhecera o futuro marido já na adolescência e dele engravidara, novinha. Com esse marido teve três filhos, apesar de, dizerem, ser espancada cotidianamente por ele. O marido era muito ciumento e, segundo também dizem, tinha seus motivos, pois Gabriela era lindíssima e, por ser muito jovem, era ainda cortejada, mesmo casada, pelos rapazes de Avermelhados. O marido fervia de ciúme. Dera para beber e, diz o povo, entrara nas drogas de vez. Andava mal barbeado, voltava tarde para casa, até que perdera o trabalho, no posto dos correios. Com isto, Gabriela pegou os filhos e foi morar com os pais. O marido, indignado, achou que ela havia saído de casa por estar amando outro. Num repente, foi até onde morava o seu Nonô e, na frente dele, ali mesmo naquela sala onde comemorávamos o Natal, dera três tiros na mulher. Poupara os filhos – que, tempos depois, ficaram sob sua guarda, para desespero dos avós – o seu Nonô e os pais do rapaz. O assassino nem ficou muito tempo preso, saindo por bom comportamento. Dizem que, na cadeia, estava irreconhecível. Fazia a barba, cuidava da higiene e trabalhava internamente na pequena biblioteca, catalogando os livros. Era educado, polido com todos. Com isto, saíra, então, logo, por bom comportamento. O seu Nonô dizia que havia sido tudo calculado, esse bom comportamento e, em seus repentes, quando chamava pelo nome da filha, soltava imprecações contra as leis brasileiras. Eu nada entendia de leis, mas me admirava com aquilo – como que alguém que mata a própria esposa podia, apenas após alguns anos de cadeia, estar livre e ter a guarda dos filhos? Eu jamais os vi, pois moravam para os lados das Colinas.

Eu era levado pela comoção geral do Vale, de Avermelhados, pois quando às vezes o seu Nonô passava bêbado pela praça, comentavam: *lá vai o pobre... que infelicidade!* Mas como ele, sóbrio, era, segundo a mãe, a pessoa mais alegre e positiva da face da Terra, eu esquecia aquela tragédia. Mas me assustei um pouco vendo-o bradar aos céus, fitando o lustre com os olhos vidrados, babando o vermelho do vinho que havia tomado e pedindo a Deus pela volta da filha. Não, eu o sabia: os mortos não voltavam, não ressuscitavam. Por isto Jesus tinha sido único e subido aos céus e encontrado ali seu pai. Nós, nós estávamos fadados a viver sem eles, pai e mãe, caso subissem aos céus.

Cleo e os pais deram uma passada por lá, mais de meia-noite, após a Missa do Galo. Como era tradição na casa, rezamos e cantamos músicas de Natal. Religiosas, claro, como aquela que começa assim: *noite feliz! Noite feliz! Ó Senhor...* – e pensei na mãe. Ela sorria e, quem sabe, naquele seu jeito de não querer desagradar, talvez fizesse coro conosco. Além do quê, gostava de cantar. Talvez, mesmo, entrasse no círculo que fizemos ao redor da mesa, dando-nos as mãos e pronunciaria as palavras sagradas, agradecendo ao Criador pela farta refeição – a cabeça baixa, o ar grave. Imaginei-a ali, enquanto mantinha os olhos fixos na chama da vela grande, muito vermelha e com um pequeno laço de fita branco em volta, no centro da mesa. Como dizia a mãe, ao ler para mim, muitas noites, as histórias de Monteiro Lobato: *não custa imaginar!*

Na varanda da casa, um pouco mais tarde, a sós com Cleo, ambos lado a lado num banco de madeira, olhando a lua e as estrelas, o olhar ao longe, eu disse, um pouco bêbado por causa do abuso do espumante, que não sabia se acreditava em Deus. Que não sabia se, um dia, poderia voltar a acreditar em sua existência e em tudo o que diziam sobre o céu. Que não sabia se um dia voltaria a rezar, antes de dormir, como pedia sempre o avô. Que não sabia se veria o pai, o velho Quim e a mãe, novamente, como estava me prometendo Hortênsia. Disse aquilo tudo meio amargurado, com a velha mania de dar chutes no ar, nos pés da cadeira – o que havia me valido muitas repreensões da mãe, do avô. Mencionei ainda o Zé, da escola, ele e seu jeito rebelde. Talvez eu devesse me esforçar para ficar como ele. *Um revoltado*, diziam. *Descrente*, diria o avô. A minha língua enrolava um pouco, por causa da bebedeira. E os pensamentos, os maus, vinham aos borbotões. Ficaria eu como o garoto da minha escola, o Pelé, o último a descer os degraus da escola, à saída, sentindo-me rejeitado, acuado frente às circunstâncias da vida? Um *vira-lata* – o cão vagabundo de rua –, como haviam denominado os jogadores da seleção brasileira ao perderem a Copa para o Uruguai, oito anos antes de elevarem a taça ao alto? O avô havia me contado aquela história, de *complexo de vira-latas*, dos brasileiros... Ah, o avô e suas histórias contadas na varanda do hotel!

Nem a lembrança do avô me fez sorrir. Sentia-me triste, vazio. Era como se os bons sentimentos dos momentos anteriores, de festividade, tivessem se esgotado e com eles toda a minha energia e eu visse a realidade, então. Crua. Eu, um órfão, de pai e mãe. De avô. A quem muito amava. De qualquer modo, em alguma coisa eu teria que acreditar, para prosseguir, nem que fosse naquele Criador otimista, que era em quem minha mãe pareceu, um dia, colocar sua crença; na sua fé de comunhão entre os homens, na igualdade, na possibilidade de uma felicidade para todos. Numa vida sem violência, sem uma hierarquia que significasse o poder do homem sobre outro homem, a ponto de aniquilar sua dignidade. Era como chegava até mim, no instante, a estranha fé de minha mãe. E era com aquele pensamento, nobre, que eu teria de prosseguir. Mas tais pensamentos, eu não os expus à Cleo. E ela havia me escutado, ali no escuro, o tempo todo, em silêncio, atenta. E nada respondeu, imóvel, diante da revolta. Sabia dos meus motivos.

IMPRESSÃO E ACABAMENTO
YANGRAF
GRÁFICA E EDITORA LTDA.
WWW.YANGRAF.COM.BR
(11) 2095-7722